Nan Inger
. . . dann ritt ich Flaumfeder

BUCH

NAN INGER

. . . dann ritt ich Flaumfeder

BOJE-VERLAG STUTTGART

Aus dem Schwedischen übertragen von Waltraude Callsen
Titel der Originalausgabe: SEDAN RED JAG DUNET
im Verlag Rabén & Sjögren, Stockholm

3. Auflage 1974

Gesamtherstellung: Richterdruck Würzburg
Umschlag und Innenbilder: Kajo Bierl
Printed in Germany
ISBN 3 414 14870 6

Vorwort

In meiner alten Schule, in der alles so gut war – wenigstens fast –, wurden wir immer in die Bücherei geschickt, um auf eigene Faust zu forschen. Es war schrecklich wichtig, daß wir in unseren Arbeiten die „Quellen" angaben. Zum Zeichen, daß ich mich nach dem Schulwechsel nicht zu meinem Nachteil verändert habe, will ich deshalb über die Quellen Rechenschaft ablegen, die ich in meinem Tagebuch benutzt habe.

Bei allem, was das Zureiten meines Ponys Flaumfeder betrifft, hat mir das Buch „Dressurreiten und Springen" von Lars Lithander sehr geholfen. Es ist ein sehr gutes Buch.

Bei allem, was meinen Kampf gegen Klassenarbeiten und doofe Lehrer betrifft, hat mir der „Lehrplan für die Grundschule", Oberschulbehörde, Schriftenreihe 60, überhaupt nichts genützt. Das ist ein sehr langweiliges Buch.

Im übrigen hat sich alles genauso zugetragen, wie ich es aufgeschrieben habe, und ich bin meine eigene Quelle gewesen.

Ektorp, im Juni Piglet

14. 12.

Nun habe ich mich von allen verabschiedet, und mein neues Leben kann beginnen. In meinem Zimmer stehen nur noch das Bett, eine Lampe und ein Stuhl. Das ist herrlich.

Meine Klassenkameraden beneiden mich, weil ich eine Woche früher als alle anderen Ferien gekriegt habe. Nur Monka sagte, es sei doch jammerschade für mich, daß ich die Weihnachtsfeier nicht mehr mitmachen könne. Allerdings hätte ich noch Glück im Unglück, weil ich keinen Jungen hätte, in den ich verknallt sei, denn dann wäre das Ganze wirklich furchtbar für mich. Monka würde nie umziehen wollen. Aber das sagt sie wohl nur, weil sie wegen der Sache mit Flaumfeder ganz grün vor Neid ist. Das ist bestimmt auch der Grund, weshalb sie so viel von der Weihnachtsfeier redet. Ich kann das alles ganz gut verstehen, denn wenn sie ein eigenes Pferd bekommen hätte und nicht ich, wäre *ich* geradezu lila geworden!

Ich möchte wissen, was an Jungens eigentlich Besonderes ist. Beim Tanzen und anderen festlichen Gelegenheiten nehmen sie sich ein bißchen zusammen; aber sonst tun sie doch so, als würden sie einen kaum kennen. Und schließlich weiß man ja, daß das Ganze nur darauf hinausläuft, daß man sich mit ihnen knutschen soll und so. Mit meiner dummen Zahnklammer ist das sowieso ausgeschlossen. Im übrigen hätte ich dazu gar keine Lust, glaube ich. So viele Jungen putzen sich die Zähne nicht ordentlich.

Unser Klassenlehrer Johansson war nett und väterlich, als ich mich von ihm verabschiedete. „Wie willst du es nur anstellen, daß es dir in einer gewöhnlichen Schule gefällt?" fragte er. Es hörte sich an, als wäre ich irgendwie nicht ganz richtig.

„Das wird schon gutgehen", erwiderte ich. „Ich wohne ja dann auf dem Lande, und außerdem bekomme ich ein Pferd."

Da machte er ein trauriges Gesicht und seufzte: „Weißt du, Piglet, mit deinem Zeugnis müßtest du eine ganz andere Einstellung zur Schule haben."

Als ob man nicht gleichzeitig gute Zensuren und ein Pferd haben könnte! Manche Lehrer sind richtig kindisch.

Unsere Lehrer sind wohl auch ein bißchen aufgeblasen, weil unsere Schule eine Versuchsschule ist und immerzu Leute bei uns herumrennen, um zuzusehen und zuzuhören, was wir machen. Damit der Versuch auch wirklich gelingt, haben sie sicherheitshalber uns Schüler ein bißchen aussortiert und die dümmsten auf andere Schulen geschickt. Das habe ich genau gemerkt, denn bevor wir hierherzogen, ging ich in einer anderen Stadt zur Schule, und da durften die Kinder ruhig naturdumm sein: Es gab ja keinen Versuch, den sie hätten verderben können.

Aber wir sind darauf gedrillt, aufgeschlossen und wißbegierig zu sein, Fragen zu stellen und zu diskutieren. Der Schulleiter ist sehr demokratisch; deshalb kommen wir immer zusammen, um über irgend etwas abzustimmen. Meistens stimmen wir in der Klasse darüber ab, wann und wie wir feiern und arbeiten wollen. Manchmal finde ich das albern. Das kommt vielleicht davon, weil ich immer zur Minderheit gehöre, und es ist ja die Mehrheit, die gewinnt. Von Mitbestimmung kann also bei mir nicht viel die Rede sein.

Trotzdem ist meine Klasse prima, und wir haben viel Spaß. Wir streiten uns fast überhaupt nicht. Über andere Schulen hört man ja schauerliche Sachen. Da werden die Lehrer von den Kindern verhauen, und da spucken sie auf den Fußboden – die Kinder, nicht die Lehrer. Das hat mir Monka erzählt, und die muß es wissen, denn sie hat eine Kusine, die in so eine wilde Klasse geht.

Monka sagt, in so einem Milieu würde ich auffallen. Sie gebraucht gern solche Wörter wie „Milieu“ und „Atmosphäre“; trotzdem war ich in der letzten Wortkunde-Prüfung besser als sie. Aber ich glaube natürlich, Monka spricht aus reiner Eifersucht so, weil ihr die Sache mit

Flaumfeder nicht gefällt. Sie will, daß ich auf dem Teppich bleibe und nicht eingebildet werde. Man versucht ja immer, an denen, auf die man neidisch ist, Fehler zu finden, und wenn es nur ein Pickel auf der Nase ist. Ich zum Beispiel tröste mich damit, daß Monkas Beine viel dicker sind als meine, wenn es mich ärgert, daß sie im Turnen besser ist als ich.

Ich glaube gar nicht, daß ich auf der neuen Schule auffallen werde, denn ich bin ungefähr wie alle anderen. In der Klasse, in die ich bisher gegangen bin, ist so ziemlich die Hälfte der Mädchen wild auf Popmusik. Maria und Ivonne tanzen Ballett, Gerda ist eine leidenschaftliche und phantastische Schwimmerin, fünf oder sechs sind Pferdenarren wie ich, und die übrigen haben überhaupt keine Interessen, nur Jungens im Kopf – außer Birgitta, die immer nur liest. Also ist es wohl nichts Merkwürdiges, wenn ich finde, daß Pferde das Schönste sind, was es gibt. Und auf dem Lande haben viele Mädchen ein eigenes Pferd. In den Städten auch, aber da natürlich nur solche, deren Eltern reich sind.

Abgesehen von der Zahnklammer bin ich auch äußerlich ungefähr wie alle anderen. Vielleicht bin ich ein bißchen kleiner, aber schließlich bin ich ja die Jüngste in der Klasse. Ich habe blonde Zöpfe. Lieber würde ich die Haare offen tragen, aber da würde Papa geradezu wild; ich muß mich also mit meinen dicken Rattenschwänzen abfinden, die ich mit Gummibändern festmache. Meine Wimpern sind ziemlich lang, aber nicht schwarz, nur braun. Ich habe blaue Augen und eine gewöhnliche Stupsnase, auf der im Frühling Sommersprossen sitzen. Aber in der einen Wange habe ich ein Grübchen; damit bin ich ganz zufrieden.

dem einen Ende vom Haus. Es hat zwei Fenster, die auf den Garten gehen. Der Mond scheint, und die schwarzen, knorrigen Apfelbäume heben sich gegen den Schnee ab. Ich will jetzt noch die Fensterscheiben zählen und dann etwas träumen, das später wahr wird. Hoffentlich träume ich von Flaumfeder und daß ich massenhaft Turniere mit ihr gewinne.

In jedem Fenster sind sechs Scheiben, zusammen also zwölf. An der Querwand ist noch ein kleines halbrundes Doppelfenster. Das gehörte früher zu einer Garderobe, die abgerissen worden ist. Zwischen diese Scheiben werde ich meine Preissammlung stellen: das goldene Pferd, das ich im Ponylager gewonnen habe, den Silberbecher, den ich im vergangenen Frühjahr in der Reithalle beim Springen bekam, und die beiden kleinen Keramikpferde von dem Reitturnier, das wir im vorigen Sommer bei Anders und Anna veranstalteten. Das wird der hübscheste Fensterschmuck im ganzen Haus werden, und ich bin so froh, daß dieses Doppelfenster mir gehört.

Mit diesem sind also dreizehn Fensterscheiben in meinem Zimmer. Und ich bin dreizehn Jahre, werde im Sommer vierzehn. Wenn das kein Glück bringt!

17. 12.

Heute ist Flaumfeder eingetroffen. Wir erwarteten sie gegen Mittag, aber sie kam und kam nicht. Ich hatte ihre Box nebenan im Stall, in dem der Pächter ein Arbeitspferd stehen hat, in Ordnung gebracht. Mein Traumstall ist er nicht gerade, aber dort sind vier Stände, und einen davon hat Eriksson zu einer Box für Flaumfeder umgebaut. Sie ist ein bißchen dunkel, aber es ist einigermaßen warm drin, und eine Wasserleitung gibt es auch. Im Sommer werde ich die Box anstreichen. Ich hatte also darin saubergemacht, ein dickes Strohlager für Flaumfeder bereitet, einen Eimer mit Wasser 'reingestellt und einen Armvoll Heu in die Krippe gepackt. Papa habe ich so lange gequält, bis er ein hölzernes Regal gezimmert und vor der Box angebracht hat. Darauf liegen jetzt eine Kardätsche*, die die besten Borsten hat, die es gibt, ein Striegel**, ein Kamm, Hufkratzer, Wurzelbürste und das Huffett, eine Schere, eine Flasche Jodopax und alles andere, was man sonst noch braucht, um ein Pferd zu pflegen.

Nur Flaumfeder fehlte noch. Ich wurde als erste ganz wild vor Unruhe und hatte keine Lust mehr, beim Auspacken und Einräumen zu helfen. Ich blickte nur dauernd aus dem Fenster, um zu sehen, ob das Auto mit Flaumfeder in die Allee einbog. Dann wurde Papa ungeduldig. Er guckte ebenfalls aus dem Fenster und kümmerte sich nicht mehr um Mamas Wünsche. Schließlich hörte auch Mama auf, Bücher auszupacken, setzte sich einfach auf den Fußboden und sagte: „Dem Pony wird doch nichts passiert sein?"

Aber gerade als es anfing zu dämmern und wir die Außenbeleuchtung eingeschaltet hatten, damit man sehen konnte, daß wir zu Hause waren, fuhr der Transportwagen vor. Der Fahrer ließ die Rampe herunter, und in dem dunklen Wagen stand etwas noch Dunkleres: Flaumfeder. Ich wollte sie herausholen, aber der Fahrer war schneller. Mit erhobenem Kopf, die kleinen grauen Ohren gespitzt und die Nüstern gebläht, trippelte Flaumfeder

* grobe (Pferde-)Bürste

** Schabeisen

heraus. Sie atmete so laut und schnell, daß ich vor Mitleid Herzklopfen bekam. Dann machte sie einen Satz die Rampe herunter und tänzelte auf dem Hof herum. Plötzlich blieb sie stehen, beugte sich nieder und schnupperte auf dem Schnee. Dann schnaubte sie. Ich war selig – was ist das für ein entzückendes Pony!

Ich nahm dem Fahrer das Halfter ab und führte sie umher. Papa kam mit mir. Mama nahm den Fahrer mit in die Küche und gab ihm Kaffee. Im Augenblick tut sie das für alle Männer, die uns helfen.

Flaumfeder war neugierig und gleichzeitig mißtrauisch. Sie sprang mal hierhin, mal dorthin und zappelte herum. Papa klopfte ihr auf den Hals und sagte: „Steady, steady." Er glaubt sicher, sie versteht unsere Sprache nicht, weil sie aus England kommt und noch nicht lange in Schweden ist. Auch ich versuchte, sie zu beruhigen, und sagte: „Good girl." Aber in Zukunft werde ich nicht immer englisch mit ihr sprechen. Ich denke gar nicht dran.

Dann führten wir sie in den Stall. Flora, das Arbeitspferd, wieherte ihr einen Willkommensgruß entgegen, und sie erwiderte mit einem leisen, schwachen Wiehern. Dann schritt sie mißtrauisch in ihre Box. Dort drehte sie erst ein paar Runden, und danach trank sie ganz vorsichtig aus dem roten Plastikeimer.

Mama kam in den Stall gelaufen, bewunderte und streichelte sie und sagte: „Über den Nüstern ist sie wirklich so weich wie eine Flaumfeder."

Ich blieb lange im Stall.

Den ganzen Abend haben wir über Flaumfeder geredet, und Papa sagte: „Es ist dir doch hoffentlich klar, Piglet, daß du dieses Pony nicht behalten darfst, wenn du es auch nur einen einzigen Tag vernachlässigst."

Manchmal kommt es einem wirklich so vor, als wäre er nicht recht gescheit.

Ich habe ihr eben das Abendheu gebracht und sie gestreichelt. Es ist ziemlich kalt im Stall. Wenn sie sich nur nicht erkältet! Aber es ist gut, daß Flora da ist, da fühlt sie sich nicht so einsam.

18. 12.

Heute war ich schon um sechs Uhr auf und habe Flaumfeder gefüttert und getränkt und sie gestriegelt. Sie guckte mich mit ihren dunklen Augen erstaunt an. Papa muß unbedingt die Birne im Stall auswechseln, sie ist viel zu dunkel. Flaumfeder ist sicher vorher noch nie richtig gestriegelt worden, denn sie zitterte, bebte und wirbelte in der Box umher, so daß ich ihr das Halfter auflegen und sie anbinden mußte. Die ganze Zeit redete ich mit ihr. Auf Schwedisch. Ungefähr um sieben kam Herr Eriksson, der Pächter.

„Das ist ja eine prachtvolle kleine Stute!" sagte er. „Gehört sie dir?"

Da erzählte ich ihm, daß wir den ganzen Herbst über, seit dem Kauf von Ektorp, nach Pferden Ausschau gehalten hatten. Zuerst fanden wir immer nur häßliche und schwerfällige Ponys, bis wir schließlich eine Anzeige in das Annoncenblatt für Landwirte setzten. Das ist die beste Zeitung, die ich kenne, denn darin stehen vernünftige Sachen. Und wirklich, auf einem großen Gut fanden wir dann Flaumfeder. Sie war als Zuchtstute importiert worden, hatte aber ihr Fohlen verworfen, und danach hatten die Gutsleute keine Lust gehabt, sie weiter zu behalten.

„Ist sie denn überhaupt schon geritten worden?“ fragte Eriksson.

„Nein, aber ich werde sie zureiten!“ erwiderte ich ganz stolz.

„Meinst du, daß du das schaffen wirst?“ wandte er ein. „Eine sechsjährige Stute, die ein Fohlen gehabt hat?“

„Oh, das wird schon gehen“, sagte ich.

Dann kam Papa im Schlafrock und in hohen Stiefeln herunter, und der Pächter zeigte auf mich und sagte: „Ein selbstsicheres kleines Mädchen, das anscheinend genau weiß, was es will.“

So viel wie in diesen Tagen habe ich noch nie in ein Tagebuch geschrieben. Bisher habe ich das Tagebuchschreiben meist nach kurzer Zeit wieder aufgegeben. In meinen früheren Aufzeichnungen stand sowieso nie etwas Besonderes, nur, was wir zu Mittag gegessen hatten, wie es im Reitstall oder bei Anders und Anna gewesen war, wenn ich bei ihnen draußen ihr armes lahmes Pony geritten hatte. Aber jetzt habe ich über etwas wirklich Wichtiges zu schreiben, und da gibt es eine Menge zu berichten, denn alles, was Flaumfeder tut, ist wichtig.

Eben kam Papa ’rein und fragte, was ich so spät noch triebe. Es ist nämlich schon nach neun Uhr, und da müßte ich eigentlich das Licht ausmachen. Aber als ich ihm erzählte, daß ich über Flaumfeder schriebe, sagte er: „Das ist gut. Auf diese Weise hältst du fest, wie sie sich entwikkelt und was du für Fehler machst.“

Fehler! Ich sage ja immer: Männer sind so *negativ.* „Negativ“ war das Lieblingswort unserer Religionslehrerin, wenn sie uns eine Menge Schularbeiten aufgeben wollte und wir protestierten. „Seid doch nicht so negativ!“ schimpfte sie. Ich finde das Wort prima.

Heute war ich draußen und habe Flaumfeder mehrmals im Garten und auf den Wegen hier in der Nähe herumgeführt. Sie ging hinter mir her wie ein Hündchen und war gar nicht mehr so ängstlich wie vorher. Jetzt will ich schlafen. Ob Flaumfeder an den Beinen friert? Ich friere jedenfalls, sobald ich die Beine auf den Fußboden setze. Komisch, daß es einem in einem neuen Haus, an das man noch nicht richtig gewöhnt ist, gruselt, sobald man im Bett liegt und den Arm ins Dunkle hineinstreckt. Ich werde mich in meine beiden Decken rollen und versuchen, nicht darüber nachzudenken, wie viele Menschen wohl in diesem Haus gestorben sind, bevor wir hier einzogen. Ob jemand hier *ermordet* worden ist?

19. 12.

Ich war mehrmals mit Flaumfeder draußen, muß aber Mama viel zuviel helfen. Ich warte nur darauf, daß die Eltern sagen: „Jetzt haben wir dir ein Pferd geschenkt; da kannst du dich wenigstens *ein bißchen* erkenntlich zeigen und uns helfen."

Als ob ich nicht die ganze Zeit Flaumfeder pflegte! Sie ist jetzt auch nicht mehr so furchtsam, wenn ich sie striegele. Die Hinterhufe darf ich ihr zwar noch nicht auskratzen. Heute war Papa am Bahnhof und hat eine riesige Kiste abgeholt, auf der „Sattlerei Hagelund" steht. Ich weiß genau, was drin ist, aber natürlich nicht, wie es aussieht. Dumm, daß ich bis Heiligabend warten muß.

20. 12.

Heute sind Maria und Lasse in Lasses neuem Auto gekommen – das heißt, es ist natürlich ein altes. Lasse hat immer alte Wagen. Es kommt mir vor, als wäre das ganze Haus voller Leute. Ich bin es ja nicht gewöhnt, meine Geschwister zu Hause zu haben, außer manchmal in den Ferien. Lasse freut sich, denn er hat eine Prüfung bestanden; aber Maria ist ein bißchen sauer, weil sie die ihre nicht bestand. Sie sagt, bei all den Problemen, die es gegenwärtig in der Welt gibt, könne sie sich nicht auf ihr Studium konzentrieren.

Maria ist immer damit beschäftigt, Leute dafür zu gewinnen, daß sie Entwicklungsländern helfen. Einmal war ein Bild in der Zeitung, von ihr und einem Flüchtling aus irgendeinem fernen Land. Darauf sah sie enorm tatkräftig aus, und ich war ganz stolz, ihre Schwester zu sein; aber Papa schüttelte den Kopf und sagte, Maria würde sich tausendmal nützlicher machen, wenn sie sich um ihr Studium kümmerte. Im vorigen Sommer war sie in Indien. Sie bringt es immer fertig, dahin zu kommen, wo sie hin will, wenn irgendwo eine freiwillige Arbeit im Dienste der Menschheit geleistet werden soll.

Elisabet ist ganz anders als Maria – zum Glück, denn *eine* Maria reicht wahrhaftig. Schade, daß Elisabet nicht zu Weihnachten kommt. Sie und ihr Mann Göran und die kleine Magdalena wollen das Fest bei sich feiern. Sie möchten sich gern eigene Traditionen schaffen, hat sie gesagt. Als ob unsere Traditionen nicht gut genug wären! Aber irgendwie verstehe ich ihren Standpunkt.

Maria verbreitet nicht gerade Gemütlichkeit um sich; sie ist so kritisch. Und sie findet, Ektorp sei viel zu groß und kostspielig für uns. Das hindert sie allerdings nicht daran, sich sofort auf den schönsten Stuhl vor den Kamin zu setzen und reichlich Glühwein zu trinken, obwohl die Mehrheit der Weltbevölkerung hungert und friert.

Mama hat ihr Zimmer fein zurechtgemacht; aber Maria meint, es sei unnötig, daß sie hier ein Zimmer hat, wenn sie doch fast nie zu Hause ist. Sie sagte, Mama solle das Zimmer lieber einer arbeitslosen Jugoslawin mit neugeborenen Zwillingen geben; das arme Menschenkind wüßte nicht, wo es bleiben solle. Aber Mama wurde hart wie Stein und gab zurück, es käme ihr keine Jugoslawin mit neugeborenen Zwillingen über die Schwelle, wenn nicht gleichzeitig Maria zu Hause bliebe und mithülfe, die drei Menschen zu versorgen. Da wurde Maria böse und meinte, es sei kein Wunder, daß die Welt so sei, wie sie ist, wenn nicht mal annehmbare Leute wie Mama und Papa einen Finger krumm machten, um unglücklichen Menschen zu helfen. Im übrigen könne ja die Jugoslawin das Saubermachen übernehmen, dann brauche Mama das nicht zu tun. Aber Mama erwiderte, lieber ginge sie jeden Tag selbst mit dem Staubsauger durchs Haus. Und im übrigen müsse sie an ihre Buchillustrationen denken und brauche Ruhe zur Arbeit. Da schnaubte Maria.

Als sie dann mit in den Stall kam, um Flaumfeder zu besichtigen, zitterte ich. Ich mußte an die Jugoslawin und ihre Zwillinge denken.

Maria streichelte Flaumfeder zerstreut über die Mähne und sagte: „Was wollt ihr eigentlich mit dem Pony? In zwei Jahren ist Piglet zu groß, um auf ihm zu reiten, wenn sie die Sache nicht schon viel früher satt hat.“

Da erklärte ich ihr, daß Flaumfeder 142 cm hoch ist und daß ich klein und leicht bin und nicht die Absicht habe, viel größer zu werden.

Jetzt habe ich beim Schreiben so viele Sirupbonbons gegessen, daß es mir halb übel ist. Ich wünschte, ich hätte einen Leckstein wie Flaumfeder. Was für ein scheußliches Gefühl, wenn sich dieses klebrige Zeug zwischen die Zähne setzt! Am liebsten würde ich sie mir jetzt mindestens eine Stunde lang mit dem Reibeisen putzen.

22. 12.

Heute habe ich Flaumfeder geritten – na ja: auf ihr gesessen, wenn ich die Wahrheit sagen soll. Lasse kam mit, als ich sie zu einem Spaziergang herausholte, und da sagte er: „Wie lange willst du eigentlich so weitermachen und dieses Pony in der Gegend herumführen? Ich dachte, Pferde wären zum Reiten da."

„Papa meint, sie soll sich erst noch eine Weile an mich gewöhnen", gab ich zur Antwort. „Im übrigen liegen Zaumzeug und Sattel in einer großen Kiste, die ich erst am Weihnachtsabend bekomme."

„Ach so", sagte Lasse. „Dann sitz mal auf. Ich werde Flaumfeder am Halfter führen."

In der Box hatte ich Flaumfeder schon an mein Gewicht gewöhnt. Ich lehnte mich gegen ihren Widerrist und legte mich beinahe quer über sie, natürlich vorsichtig. Deshalb sagte ich zu Lasse: „Na gut, dann hilf mir mal 'rauf."

Er hielt meinen Fuß, und dann saß ich oben. Flaumfeder atmete so schwer, daß ihre Nüstern ganz rosa wurden. Ich spürte ihr Herz klopfen, und ihr ganzer Körper schien unter mir zu beben. Doch Lasse, der keinen Schimmer von höherer Reitkunst hat, schnalzte einfach mit der Zunge, als hätte er einen Bauerngaul vor sich.

Dann rief er noch: „Hü, alte Lise!“ und zerrte am Halfter.

Da machte sich Flaumfeder ganz steif. Aber als ich leise und behutsam schnalzte und ihr einen leichten Schenkeldruck gab, begriff sie und setzte sich in Bewegung. Dabei schnaubte sie und warf den Kopf zurück.

Das war ungefähr wie Ponyreiten an der Leine im Vergnügungspark Skansen – eigentlich eine Schande für jemanden, der das Springen in der Reithalle gewonnen hat und im ganzen letzten Jahr an der Tete reiten durfte, wenn irgend etwas Schweres kam! Ich fand es trotzdem herrlich.

Nach ein paar Minuten saß ich ab und sagte, nun reiche es für heute. Lasse grinste und fragte: „Willst du nicht mal Galopp reiten?“

Daß sie einen doch immer necken müssen!

Ich blieb ruhig und gab zurück: „Weißt du nicht, daß man ein ungerittenes Pferd eigentlich *longieren* muß, bevor man es reitet?“

Da hielt er den Mund.

Später fand ich in einem Korb eine Wäscheleine und in Floras Wagenschuppen eine Peitsche und versuchte, Flaumfeder zu longieren. Zuerst begriff sie überhaupt nicht, was sie tun sollte. Eigentlich hätte ich einen Kappzaum haben müssen und nicht ein gewöhnliches Halfter. Aber dann kam sie auf Touren, daß der Schnee nur so herumflog. Als Pingpong plötzlich auf uns zuschoß und bellend hinter Flaumfeder herrannte, geriet sie noch mehr in Fahrt. Ich fiel hin, wurde durch den Schnee geschleift und schlug mir das eine Knie auf. Aber das habe ich niemandem erzählt. Die Wäscheleine rutschte mir aus der Hand, und Flaumfeder und Pingpong sausten wie verrückt umher. Ich hatte große Angst, sie würde weglaufen, aber schließlich fing ich sie wieder ein. Ich schimpfte mit Pingpong, und dann versuchten wir es noch einmal, aber es ging nicht besonders.

Flaumfeder hat viel Temperament.

Mama und Papa waren in der Stadt zum Einkaufen, Lasse schlief, und Maria räumte ihr Zimmer auf. Ein Glück!

Am Abend packten und versiegelten wir Geschenke in verschiedenen Zimmern, und es duftete himmlisch, denn Mama hatte den Weihnachtsschinken im Ofen. Maria und ich steckten Kerzen in alle roten Lichthalter, und Maria sagte, ich müßte meine Haare besser pflegen. Ich finde, mein Haar ist ungefähr wie ihres, es glänzt nur nicht so; ich weiß also nicht, was sie daran auszusetzen hat.

Ich freue mich, daß ich auf dem Lande wohne, und ich freue mich über mein Zimmer, besonders seit Mama die Gardinen aufgehängt hat. Sie haben Borten mit kleinen Bällen und sind ein bißchen zerrissen, aber das sieht man fast gar nicht.

23. 12.

Heute habe ich Flaumfeder wieder longiert. Es ging schon besser. Dann haben wir uns den ganzen Tag nur noch mit Weihnachtsvorbereitungen beschäftigt. Furchtbar viel Arbeit, aber es war herrlich. Papa und Mama haben gesagt, in diesem Jahr bekämen wir keine Weihnachtsgeschenke, weil das Haus so viel gekostet hat und Flaumfeder auch. Aber obwohl ich nichts anderes kriege als Flaumfeder und die Sachen für sie, glaube ich, daß dieses Weihnachtsfest das schönste ist, das ich je erlebt habe.

Im vorigen Jahr dachte ich, ich wäre beinahe zu alt für Weihnachten, wenn ich das auch als Jüngste in der Familie natürlich nicht zeigen durfte. Aber in diesem Jahr fühle ich mich gar nicht zu alt, obwohl ich jetzt ein Jahr älter bin. Es ist alles so wunderbar.

Papa hat sich den ganzen Tag damit beschäftigt, auf der Veranda zu beiden Seiten der Haustür zwei alte Wagenlaternen anzubringen. Es sieht phantastisch aus, wenn sie angezündet sind. Wir haben auch Tannen an der Treppe und in der Astgabelung eines Kastanienbaums eine Garbe.

28. 12.

Weihnachten ist herrlich. Da lebt man so anders als sonst, deshalb bin ich gar nicht zum Schreiben gekommen. Aber ich habe geritten! Und longiert habe ich Flaumfeder auch wieder, obwohl das viel schwerer ist, als sie zu reiten, denn sie will immer nur Spaß machen und steigen. Sie hat mich mehrmals umgeworfen. Wenn ich sie reite, ist sie sehr brav. Ich habe sie traben und im Schritt gehen und auch – aus Versehen – galoppieren lassen. Sie hat wunderbare Bewegungen und hebt die Beine ganz hoch. Und sie hat tatsächlich kein einziges Mal versucht, mich abzuwerfen; nur einmal scheute sie vor dem Schneepflug, daß ich beinahe heruntergefallen wäre. Papa war dabei und hat mir die ganze Zeit geholfen, und Mama auch. Es ist sehr gut, wenn man Eltern hat, die sich auf Pferde verstehen; aber ich wünschte, Papa würde nicht so viel erzählen, wie er in seiner Jugend bei seinem Regiment geritten hat. Denn wenn er auch vor vielen Jahren Kavallerist war, hat er doch von Ponys keine Ahnung.

Übrigens bekam ich den reizendsten Sattel, den man sich vorstellen kann, und eine blitzblaue Satteldecke. Dazu passend habe ich heute im Kaufladen blaues und weißes Plastikband besorgt, um den Stirnriemen damit zu verkleiden.

Von einer *guten* Sache muß ich noch erzählen: Papa hat die Absicht, für sich und Mama ein großes Pferd zu kaufen. Er hat *Verbindungen*, sagt er, deshalb schafft er es sicher, ein Regimentspferd hierher zu bekommen!

Das hat er Maria nicht erzählt, und es ist wohl auch besser so. Maria hat sich sehr gefreut, daß ich von Mama und Papa nichts anderes als die Pferdesachen bekommen habe. Am liebsten hätte sie wohl Lasse und Elisabet verboten, mir etwas zu schenken. Von Lasse habe ich eine ganz süße Mütze gekriegt und von Elisabet schöne, mollige Hausschuhe. Von Maria hab' ich das Tagebuch der Anne Frank bekommen, „damit ich sehe, daß es Leute gibt, die ohne Pferde leben und sterben können". Ich erklärte ihr, daß das Buch sehr gut ist, daß ich es schon lange kenne und es schon mehrmals gelesen habe. Da war sie beleidigt.

Im übrigen war es wirklich das schönste Weihnachtsfest, das ich erlebt habe. Flaumfeder hat keine Extraportion Hafer bekommen, denn ich habe gelesen, das könnte mehr schaden als nützen. Aber ich habe ihr rote Rosetten in die Mähne gesteckt und ihre Box mit einem grünen Zweig und ein paar Weihnachtskugeln geschmückt. An Floras Box habe ich auch einen Tannenzweig gesteckt, denn mit ihr spricht sonst niemand – sicher, weil sie so trübselig aussieht.

29. 12.

Ich bin auf Flaumfeder in den Wald geritten, und es hat ihr gefallen! Sie guckte sich alle Bäume genau an und sprang vor einem großen, schwarzbraunen Vogel – vielleicht war es ein Auerhahn? – zur Seite. Auch ich bekam Angst. Auf dem Heimweg hatte sie es mächtig eilig.

Am Nachmittag kam ein Mann im Auto, um Maria zu besuchen. Er heißt Rune und hat einen rötlichen Bart. Was für ein Name!

Maria und er setzten sich vor den Kamin ins Wohnzimmer und redeten vom *Krieg* – und das in den Weihnachtstagen! Die sind wirklich nicht gescheit. Dann fuhren sie zum Kino. Mama und Papa und ich schüttelten den Kopf. Daß man sich doch immer Sorgen darüber machen muß, mit wem sich die eigenen Geschwister verheiraten werden!

Es schneit sehr stark. Papa hat lange Schnee geschaufelt, nachdem er aus der Stadt gekommen war. Aber Rune tat nichts. Dann fuhr Pächter Eriksson mit dem Schneepflug rund um den Hof. Das war herrlich.

30. 12.

Ich habe einen Spazierritt in den Wald gemacht. *Es war wunderbar.* Früher habe ich mich immer davor gefürchtet, allein in den Wald zu gehen, denn man kann sich ja verirren, Elchen oder unheimlichen Kerlen begegnen. Aber wenn Flaumfeder dabei ist, habe ich keine Angst. Es war so schön mit dem vielen Schnee auf den Bäumen. Und diese Stille!

Am liebsten möchte ich beim Ausreiten auch Pingpong dabeihaben, denn ich finde es so lustig, wenn er hinter mir her rennt und überall herumschnuppert. Es sieht urkomisch aus, wenn seine Schnauze und seine Ohren voller Schnee sind! Aber er benimmt sich ja so dumm gegen Flaumfeder. Ich glaube, er ist eifersüchtig und will sie vergraulen, denn er jagt sie fortwährend, und manchmal schlägt sie nach ihm aus. Außerdem ist es so ein blödsinniges Gefühl, wenn man von seinem eigenen Hund gejagt wird. Das heißt, eigentlich ist er ja nicht mein Hund. Am meisten hängt er an Mama und dann an Papa. Lasse und Maria duldet er gerade noch.

Auf dem Heimweg sah ich ein paar Kinder auf der Landstraße stehen. Sie *glotzten* mich an.

Als ich mit einer Bettdecke in Marias Zimmer kam, saß Rune vor ihrem Frisiertisch und *kämmte* doch wahrhaftig seinen Bart! Wenn sie sich nur nicht mit diesem Menschen verheiratet!

Silvester

Rune ist abgereist. Das ist gut. Maria führte ein Ferngespräch mit Stockholm und sprach englisch am Telefon mit jemandem, der John heißt. *Wie viele* Freunde hat sie eigentlich? Danach war sie guter Laune und schenkte mir einen Rock, den ich nie leiden konnte – und sie auch nicht, glaube ich. Sie trällerte vor sich hin, während sie für mich den Saum kürzer machte. Er – den Rock meine ich – ist mir viel zu eng.

Lasse ist für zwei Tage nach Strängnäs zu einem Mädchen gefahren. Es heißt Carola. „Das ist seine Neueste“, sagte Maria mit verkniffenem Mund. Maria gefallen Lasses Freundinnen nie, und Lasse mochte Rune auch nicht, das konnte man merken.

Bevor Lasse wegfuhr, half er mir auf dem Feld vor dem Stall ein Dressurrechteck abzuschreiten und abzustekken. In die Ecken setzten wir Wacholderbüsche. Das sieht klasse aus. Flaumfeder machte jedesmal einen kleinen Satz zur Seite, wenn sie an einem der Büsche vorbeigehen sollte: Sie dachte wohl, dahinter lauere etwas Gefährliches. Manchmal glaube ich, daß sie nicht besonders mutig ist. Aber dumm ist sie nicht, denn jetzt weiß sie genau, was ich mit Trab meine, wenn sie auch leider noch mit dem Kopf schlägt und sich aufs Gebiß legt.

Silvester ist eine mächtig feierliche Sache. Ich sitze in meinem Zimmer und schreibe, aber gleich werde ich zu den anderen ins Wohnzimmer gehen, denn Mama hat die Weihnachtskerzen angezündet, und wir haben in alle Fenster Kerzen gestellt. *Wie froh* bin ich, daß wir hier wohnen! Ich will nie wieder in der Stadt leben. Auf dem Lande kann man genau das machen, was man will. Zum Beispiel im Morgenrock in den Stall gehen. Dabei erfriert man allerdings beinahe! Und man kann sich auf dem Hof in den Schnee legen und Engelsabdrücke machen. Wenn ich, eine junge Dame von dreizehn Jahren, das in der Stadt vor unserer Haustür getan hätte, hätten mich die Leute entsetzt angestarrt; aber hier sieht einen ja niemand. Maria sagt, ich würde bald meine Kameraden aus

der Stadt vermissen. Da erzählte ich ihr, daß Monka mich Ende Februar in den Winterferien besuchen wird. Das haben wir uns nämlich seit langem versprochen.

Allmählich werde ich furchtbar müde; aber ich will trotzdem ein paar *heilige Neujahrsgelöbnisse* aufschreiben, die ich unbedingt halten will:

1. Jeden Morgen vor der Schule Flaumfeder ordentlich striegeln, ihr die Hufe auskratzen und Wasser und Hafer geben.

2. Immer die gleichen Aufgaben mit ihr durchüben, bis sie sie gelernt hat, auch wenn es furchtbar langweilig wird. (Immer nur Durchparieren und Tempo einfangen ist wirklich furchtbar langweilig.) Aber wenn ich das jeden Tag mindestens eine Viertelstunde lang übe, kann ich hinterher in den Wald oder über die Felder reiten.

3. Dafür sorgen, daß Mama jeden Tag, wenn ich in der Schule bin – falls nicht gerade scheußliches Wetter ist –, Flaumfeder auf die Koppel hinausläßt, damit sie sich bewegt.

4. Die Box regelmäßig ausmisten und zur Nacht das Stroh neu aufschütten.

5. Mich mit Geduld wappnen, damit ich *nie* ungerecht gegen Flaumfeder bin oder gar gegen sie böse werde.

6. Versuchen, mich allgemein zu bessern und zu allen nett zu sein.

7. In meinen Sachen besser Ordnung zu halten.

Nun kann ich nicht mehr. Wir haben vorhin in der Küche Blei gegossen. Mein Stück sah aus wie ein Klumpen Seegras und Tang; aber vielleicht kann man es als eine Art Lorbeerkranz deuten. Das hieße dann wohl, daß ich mit Flaumfeder ein Turnier gewinne. Hoffentlich wird das wahr!

3. 1.

Heute morgen war ich mit Mama und Papa in der neuen Schule zur Anmeldung. Dort habe ich auch gleich alles über Schulbusse, Stundenplan und Wahlfächer erfahren. Der Geruch in der Schule gefiel mir nicht. Ich sehnte mich nach Monka und der alten Klasse. Danach war ich lange bei Flaumfeder im Stall. Mama und Papa redeten so viel über die Schule, daß man glauben konnte, *sie* sollten dorthin gehen.

Gestern abend waren wir bei der Familie eines Freundes von Papa. Ihre Kinder sind ungefähr in meinem Alter. Wir wurden in ein Zimmer gesteckt und hörten Schallplatten. Keiner sagte ein Wort, es war gräßlich langweilig. Hinterher meinte Mama, es sei sicher recht lustig für mich gewesen, mit Gleichaltrigen zusammen zu sein. Manchmal begreifen die Erwachsenen wirklich nichts.

5. 1.

Maria und Lasse sind heute abgereist. Es ist leer im Haus und trotzdem irgendwie schön, denn jetzt sind nur noch wir hier. Ich habe Sattel und Zaumzeug in der Waschküche mit Sattelseife gereinigt, während Mama bügelte. Mama war so vertraulich, wie sie manchmal ist, und sagte: „Warum muß Maria nur so eine Gerechtigkeitsfanatikerin sein! Schon als kleines Mädchen war sie so. Sie bestand immer darauf, daß alles gerecht verteilt wurde, damit sie nie weniger als jemand anders bekam. Jetzt allerdings kämpft sie für alle Menschen, die es schwer haben; das ist ja eigentlich aller Ehren wert."

„Aber langweilig", meinte ich.

Dann schlugen wir eine Menge Eigelb mit Zucker,

quirlten Eiweißschaum hinein und verschlangen das Ganze mit großem Genuß. Zuckerei ist unsere Lieblingsspeise, aber wir essen es nur, wenn Papa nicht zu Hause ist, denn er findet es widerlich, wenn wir so „gefräßig" sind. Papa hat so komische Ideen. Er bildet sich zum Beispiel ein, daß er nur bittere Schokolade mag, und dabei muß man immer alle Milchschokolade vor ihm verstecken, sonst ißt er sie mit Stumpf und Stiel auf. Bei uns gibt es allerdings selten Schokolade, außer samstags. Flaumfeder frißt auch gern Schokolade, aber ich weiß nicht, ob das für sie gut ist. In den Büchern steht nichts davon.

6. 1.

Heute habe ich einen Brief von Monka bekommen. Sie war zu einem Essen eingeladen, bei dem sie Alkohol bekamen, und mehrere Jungen waren betrunken! Die meisten von ihnen gingen allerdings in eine Klasse über uns. Ich glaube, Monka wird jetzt ein bißchen eingebildet, seitdem ich nicht mehr da bin und ihr sagen kann, sie soll sich nicht so aufspielen. Ich habe ihr gleich geantwortet und ihr von Flaumfeder erzählt. Eins steht fest: Mir ist eine kleine Flaumfeder lieber als zehn betrunkene Jungen!

Am 9. fängt hier die Schule an. Es graut mir schon, wenn ich daran denke.

Heute nachmittag hat Mama sich und mich gezwungen, Ski zu laufen. Es war schön; aber wozu soll man skilaufen, wenn man reiten kann?

Heute abend sind zwanzig Grad unter Null und Mondschein. Wenn Flaumfeder nun erfriert! Ich habe ihr aus einer alten Wolldecke eine Pferdedecke gemacht. Das hat eine Ewigkeit gedauert, und trotzdem sitzt sie nicht richtig. Ich hätte gern eine dunkelblaue Decke, weiß abgesteppt, Flaumfeders Namen in Weiß in eine Ecke gestickt. Wenn Mama eine handarbeitsfreudige Mutter wäre, könnte sie das leicht machen. Schade, daß ihr das nicht liegt, sondern daß sie nur Bücher illustriert. Monkas Mutter hingegen kann alles nähen.

7. 1.

Heute war im Stall das Stroh zu Ende. Flora muß jetzt Tag und Nacht auf ihrem Holzfußboden stehen. Eriksson mistet manchmal ein bißchen aus, und ab und zu nehme ich das Schlimmste weg. Ich hatte Mama gebeten, wegen neuem Stroh herumzutelefonieren, aber niemand konnte welches abgeben. Was sollte ich tun? Das Strohlager ist doch beinahe das wichtigste von der ganzen Box! Schließlich rief ich selber Papa im Büro an und bat ihn, welches zu beschaffen. Er war ziemlich brummig, aber am Nachmittag fuhren wir beide zu einer Möbelfabrik und tappten dort in der Dunkelheit herum, bis wir einen Schuppen fanden, in dem eine Menge Sägespäne lagen, die man ohne zu bezahlen mitnehmen darf. Es war vierundzwanzig Grad unter Null. Wir hatten nur eine Taschenlampe als Beleuchtung, deshalb war es furchtbar mühsam, die Säcke mit Spänen zu füllen. Wir niesten und husteten, und der Holzstaub drang durch unsere Kleider bis auf die Haut. Papa brummte und murrte, und ich glaubte, mir würden die Füße und Hände erfrieren. Schließlich stopften wir acht volle Säcke hinten ins Auto. Ein Glück, daß wir einen Kombiwagen haben, falls wir den ganzen Winter über selber Sägespäne holen müssen.

Flaumfeder war richtig aufgeregt, als ich dann zwei Sack Späne in ihrer Box ausleerte. Sie schnaubte und drängte sich in eine Ecke. Aber nachdem ich ihr alles schön verteilt hatte, rollte sie sich auf ihrem neuen Lager herum und hatte im Nu Mähne und Schweif voller Sägespäne. Ulkig sah das aus.

8. 1.

Als sich Flaumfeder heute beim Ausreiten dumm anstellte und nicht vorwärts gehen wollte, habe ich wohl die Zügel ein bißchen zu hart angezogen. Außerdem gab ich ihr einen leichten Klaps mit der Gerte und einen kräftigen Schenkeldruck. Da stieg sie plötzlich senkrecht in die Höhe. Ich glaubte, wir würden beide auf den Rücken fallen. Es war aufregend. Zum Glück kam sie gleich wieder auf die Hufe, aber sobald ich die Zügel anzog, fing sie wieder an, den Kopf ganz hoch zu heben und mit den Vorderfüßen in der Luft herumzufuchteln. *Was ist nur mit ihr los?* Als ich dann die Zügel locker ließ, ging es besser.

Morgen fängt die Schule an. Puh!

9. 1.

Ich bin gespannt, ob ich mich jemals an diese Schule gewöhnen werde. Und an den Schulbus. Um zehn vor acht stellte ich mich oben an den Weg und wartete, bis der Bus kam. Die wenigen Kinder, die drinsaßen, starrten mich an. Ein kleiner Junge fragte: „Bist du das Mädchen, das dauernd auf einem grauen Gaul ’rumreitet?“

Flaumfeder ein Gaul! Dann stiegen immer mehr Kinder

ein. Sie knufften und pufften sich, alberten und schielten mich an. Ich guckte aus dem Fenster und hatte das Gefühl, als wäre ich irgendwie *verkehrt.*

In der Schule konnte ich erst ewig meine Klasse nicht finden. Wir haben nämlich keinen eigenen Klassenraum. Man muß immer auf dem Stundenplan nachgucken, um zu wissen, in welchem Zimmer die nächste Stunde abgehalten wird. Endlich fand ich meine Klasse. Wieder starrten mich alle an. Ich setzte mich auf eine freie Bank und wartete darauf, daß der Lehrer mich bemerken würde. Das tat er aber nicht, denn er guckte unentwegt in sein Buch und las alles ab. Ich glaube, es war Religion, denn sc stand es auf dem Stundenplan. Hören konnte ich nichts, denn er las ganz leise, und die Klasse schwatzte ganz laut. Ich zeichnete auf ein Blatt Papier und wünschte die ganze Zeit, ich wäre nicht hier.

In der Pause war es schrecklich. Zwei oder drei aus der Klasse redeten ein paar Worte mit mir und wollten wissen, woher ich käme. Sie schienen sich darüber zu wundern, daß ich neu zugezogen war. Hier zieht wohl sonst niemand her. In der nächsten Stunde war es etwas besser, denn da hatten wir Englisch bei unserer Klassenlehrerin. Sie heißt Vipemyr und sieht aus, als hätte sie eine ziemlich spitze Zunge. Ich wurde von ihr gleich zum Studiendirektor geschickt, um meine Bücher zu holen. Nachdem ich ihn endlich gefunden hatte, bekam ich einen Haufen Bücher, die alle anders sind als meine alten. Natürlich blieb ich so lange wie möglich draußen.

Das Schulessen war nicht nach meinem Geschmack. Es gab Gemüsesuppe mit spärlichen, unbestimmbaren Sachen drin. Es dürfte einfach nicht erlaubt sein, hungrigen Kindern so etwas vorzusetzen.

Vom Nachmittagsunterricht mag ich nichts schreiben; er war auf jeden Fall genauso trostlos wie der Vormittag. Dumm komme ich mir auch vor, denn mit dem Buch, das sie in Deutsch als Lektüre haben, fand ich mich überhaupt nicht zurecht. Es handelt von einem Jungen, der Rudi heißt; aber ich begriff nicht viel vom Inhalt, denn es stehen ganz andere Vokabeln drin als in meinem alten Deutschbuch. Der Deutschlehrer – er heißt Bengtsson – versteht es, sich Respekt zu verschaffen. Aber außer in seinen Stunden herrscht überhaupt keine Ordnung in der Klasse. Kein einziger Lehrer hat gefragt, woher ich komme oder was wir in meiner alten Schule durchgenommen haben.

Auf dem Heimweg im Bus schimpften ein paar Jungen und Mädchen auf den Fahrer, weil er nicht anhalten wollte, damit sie eine Zigarettenpause machen könnten. Mama hätte Zustände gekriegt, wenn sie *diese* Schüler gehört hätte. Sie glaubt nämlich, Kinder vom Lande seien nett und ein bißchen zurückgeblieben. Von wegen!

Ich war richtig froh, als ich auf unserer Allee nach Hause stapfte.

Mama stand in der Küchentür und rief: „Na, wie war es in der neuen Schule?“

Ich antwortete: „Es ging.“

Da sagte Mama: „Oh, das freut mich. Ich war so besorgt um dich.“

Manchmal sieht es wirklich so aus, als hätten Mütter *keine Ahnung* vom Leben.

Es war halb fünf und dämmerte schon stark, als ich endlich Flaumfeder satteln und reiten konnte, und als wir zurückkamen, war es stockdunkel. Beim Reiten ging ich ganz behutsam mit ihr um, aber sie schlug trotzdem mit dem Kopf, außer wenn sie galoppieren durfte: Da macht sie sich fast so klein wie ein Dackel und läuft, so schnell sie kann. Es war so kalt, daß ich das Gefühl hatte, mir frören die Ohren ab. Füße und Hände tauten erst nach dem Abendessen wieder auf.

12. 1.

Als ich heute morgen zum Stall 'runter ging, zeigte das Thermometer dreißig Grad unter Null. Die Pferdeäpfel in Flaumfeders Box waren gefroren, und auf dem Wasser, das sie im Eimer zurückgelassen hatte, hatte sich eine dünne Eisdecke gebildet. Wenn sich Flaumfeder nur nicht erkältet! Papa sagt, Kälte sei für Pferde nicht gefährlich, nur Zug und Feuchtigkeit. Aber er weiß sicher nicht, was ein aus England importiertes kleines Pony vertragen kann und was nicht.

Meine Stiefel sind mir etwas zu klein, und ich habe in der Schule den ganzen Tag an den Füßen gefroren. Keiner von meinen Klassenkameraden hat Skistiefel; sie tragen alle normale Winterstiefel. Ich will aber die Eltern nicht darum bitten, mir auch solche zu kaufen, denn ich möchte am liebsten Reitstiefel haben. Im übrigen bekomme ich augenblicklich weder Reitstiefel noch andere Stiefel, denn der Januar ist ein dummer Monat, in dem eine Menge Rechnungen zu bezahlen sind. Aus diesem Grund ist Papa jetzt auch ziemlich zugeknöpft und schimpft mich aus, wenn ich das Licht nicht hinter mir ausschalte, die Türen nicht schließe, die Zeitung nicht wieder richtig zusammenfalte und so. Als ob *er* immer vorbildlich wäre!

Am Nachmittag waren es immer noch 28 Grad, und ich

hatte nicht ein Fünkchen Lust zu reiten. Flaumfeder schien auch nicht begeistert zu sein, geritten zu werden. Ich konnte sie kaum bewegen, den Stall zu verlassen, und als wir um die Stallecke bogen, blieb sie stehen und versuchte, sich aufzubäumen. Natürlich hatte ich keine Reitgerte bei mir, und ich war so schwerfällig und steif mit meinen Fausthandschuhen, den drei Pullis unter dem Anorak und den Skistiefeln an den Füßen, daß ich beinahe hinterrücks 'runtergefallen wäre und sie mit mir gerissen hätte. Ich bekam solche Angst, daß ich die Füße aus den Steigbügeln strampelte und absprang. Dann führte ich sie fünfzig Meter, bevor ich von neuem aufsaß. Das war ein blödes Gefühl, und ich schimpfte die ganze Zeit mit ihr. Aber dann ging sie vorwärts. Sie versuchte zwar einmal zu bocken und einmal kehrtzumachen, aber im großen und ganzen bekam ich sie soweit, daß sie gehorchte.

Als ich sie in den Stall zurückbrachte, kam es mir vor, als hätte ich mindestens zwei Stunden im Freien zugebracht. Aber es war nur eine Viertelstunde gewesen. Ich glaube, Flaumfeder hat sich nur deshalb so dumm aufgeführt, weil ich ihr zuviel Hafer gegeben hatte, um die Kälte durch Kalorien zu bekämpfen. Ich legte eine kleine dünne Wolldecke unter die andere Decke über sie. Sie sah aus wie ein kleines graues Klümpchen. Aber die Hauptsache ist, daß sie sich warm hält.

15. 1.

Diese Schule ist wirklich das letzte. Heute hatten wir wieder Religion, und die Klasse lärmte furchtbar – besonders ein großer Junge, der Jonny heißt. Die Mädchen finden diesen Kerl enorm, aber ich kann ihn nicht leiden.

Er benimmt sich mir gegenüber wie ein Flegel. Er hat mich gefragt, wozu ich Alteisen im Mund hätte, und redet dauernd so blödes Zeug.

Ich glaube, wenn ich Flaumfeder nicht hätte, würde ich durchdrehen!

24. 1.

Ich habe lange nicht mehr geschrieben. Ich hatte einfach keine Lust dazu. Aber heute ist ein so starker Schneesturm, daß man die Nase nicht mehr aus der Tür stecken kann. Der Schulbus kam heute morgen nicht. Ich wartete und wartete, bis meine Hände und wahrscheinlich auch mein Bauch, der Rücken und alles ganz blau waren. Da stapfte ich wieder nach Hause. Mama rief in der Schule an und erfuhr, daß sich der Bus irgendwo in einer Schneewehe festgefahren hatte und niemand wußte, wann er kommen würde. Der Direktor dachte sicher, wir armen Schulkinder blieben alle geduldig am Wegrand aufgereiht stehen, bis wir anfrören, in der Hoffnung, daß der Bus endlich käme. Aber Mama und ich genossen meine unerwartete Freizeit und gönnten uns ein zweites Frühstück.

Langsam wurde es mir wieder warm, und wir guckten ab und zu aus dem Fenster. Aber da das Wetter immer schlimmer wurde, blieb ich zu Hause. Herrlich!

Flaumfeder darf auch im Stall bleiben und sich den ganzen Tag ausruhen, denn es wäre Tierquälerei, sie 'rauszuholen. Eriksson ist draußen und macht von Zeit zu Zeit mit dem Schneepflug die Allee frei; aber hinter ihm verschneit sie immer wieder. Wie soll nur Papa nach Hause kommen?

Ich wünschte, dieser Sturm hielte mehrere Tage an,

denn zu Hause ist es so gemütlich. Vor kurzem kam Eriksson und sagte, eine Tanne sei umgeweht worden und habe unsere Telefonleitung mit sich gerissen. Wir haben also nun keine Telefonverbindung mehr.

Ich habe einen Zuckerkuchen gebacken, und er ist mir gelungen! Jetzt sitzen Mama und ich vor dem Kamin, essen Kuchen und trinken Tee, und draußen *stürmt* und *schneit* es. Das Leben ist ganz herrlich.

Mama und ich unterhielten uns ein bißchen über die Schule und wie widerlich es dort ist. Da sagte Mama: „Wenn alles so schrecklich ist, wie du sagst, dann schreib dir doch das Schlimmste vom Herzen. Vielleicht wird es danach besser."

Das will ich jetzt tun. Also:

Diese Schule hat einfach keinen *Stil.* In der alten Schule waren die Lehrer zwar ein bißchen eigenartig, aber die meisten verwendeten doch etwas Mühe auf ihre äußere Erscheinung und kamen ordentlich und sauber gekleidet zum Unterricht. Hier ziehen sich die Lehrer einfach so an, wie es ihnen gerade einfällt. Sie tragen Skistiefel und Skihosen, und einer kam neulich sogar im Trainingsanzug an. Und fast alle tragen schwarze oder in düsteren Farben karierte Hemden, die man nicht so oft zu waschen braucht, weil man den Schmutz nicht sieht.

Mama, die manchmal so lächerlich *positiv* ist, sagt, ich solle nicht unduldsam sein. Die Hauptsache sei schließlich, daß die Lehrer ihr Fach beherrschten.

Der Mathelehrer beherrscht seins nicht, zumindest hat es den Anschein, denn er muß die ganze Zeit in seinem Lösungsverzeichnis nachschlagen. Wenn es trotzdem nicht stimmt, kontrolliert er die Aufgaben zu Hause und sagt uns die Lösung in der nächsten Stunde.

Über Klein Doofy, das ist unser Religionslehrer, wollen wir lieber nicht reden. Er erzählt uns jede Stunde einen Witz, wenn wir nett sind. Das ist eine Art Belohnung, glaubt *er*.

Die Vipa, die wir in Englisch haben, ist zwar sauber und ordentlich angezogen, gebraucht Lippenstift und hat mindestens sieben verschiedene Kostüme und Kleider, aber sie ist so pummelig, daß kein Kleid der Welt sie schöner machen kann. Sie tut so, als könne sie Englisch, und fordert uns auf, in ihren Stunden *nur* englisch zu sprechen. Dann hebt sie den Kopf, bläht die Nasenlöcher auf und sagt: „Well now."

Das ist alles. Gleich darauf wird fleißig weiter värmländisch* geredet. Plötzlich klopft sie aufs Katheder und ruft: „Aber Kinder, wir wollten doch englisch sprechen!"

Aber meistens läßt sie uns die ganze Stunde in ein albernes Buch schreiben, in dem hinten Übungen stehen. In der alten Schule machte mir Englisch Spaß, denn da wurde ich für meine Aussprache gelobt. Das einzige, was die Vipa über meine Aussprache gesagt hat, als ich einmal vorlesen mußte, war: „An deiner englischen Aussprache hört man gleich, daß du nicht von hier bist."

Ich glaube, sie findet es verkehrt, daß ich englisch nicht mit värmländischem Akzent ausspreche.

Der Schwedischlehrer, der Wühlmaus genannt wird, weil er vorstehende Zähne hat, sagt, wir sollten nicht versuchen, feiner zu sprechen, als wir können, denn das klänge nur gekünstelt.

„Es macht doch nichts, wenn man es euch anhört, daß ihr Värmländer seid", meinte er. „Selma Lagerlöf war auch von hier, und *sie* schämte sich dessen nicht."

---

* Dialekt einer Landschaft in Mittelschweden

Er hat es gern, wenn Leben und Treiben in der Klasse herrscht und wir in Gruppen arbeiten. Je mehr die Gruppen reden, um so zufriedener ist er, denn dann kann er inzwischen die Zeitung lesen. Gruppenarbeit ist furchtbar doof. Der Tüchtigste und Fleißigste schuftet für die anderen, und die unterhalten sich währenddessen über ihre Freunde, wenn es Mädchen sind, über Eishockey, wenn es Jungen sind. Die Gruppen sind immer nach Geschlechtern getrennt, nur Laila mit dem langen Haar muß immer der Gruppe von Janne mit dem langen Haar angehören. Dann sitzen die beiden die ganze Zeit Hand in Hand da, während die anderen Jungen in der Klasse buh rufen und die Mädchen miteinander tuscheln und sie anstarren. Manchmal guckt dann Wühlmaus von der Zeitung auf und brüllt: „Was gibt's denn da zu kichern und zu tuscheln, Mädels? Es ist doch eine ganz natürliche Sache, wenn ein Junge und ein Mädchen einander sympathisch sind!"

Das erste Mal, als er das sagte, war ich ganz baff; aber jetzt, nachdem er es dreitausendmal wiederholt hat, finde ich es nur noch albern.

Übrigens will *mich* niemand in seiner Gruppe haben, deshalb bilde ich meistens eine Gruppe für mich allein und arbeite ganz eifrig, denn da brauche ich mit niemandem zu reden. Dann sagt Wühlmaus: „Piglet ist sehr tüchtig und ehrgeizig; sie hat jedoch einfach kein Gefühl für Gemeinschaft."

Aber die anderen Kinder – die haben Gefühl für Gemeinschaft. Die sind so gemeinschaftlich, daß sie nur in der Gruppe vorkommen. Die können nicht mal allein in den Waschraum gehen, sondern müssen sich mindestens immer zu dritt 'reindrängen.

In unserer Klasse ist noch ein anderes Mädchen, das immer allein für sich geht wie ich. Es heißt Inga-Lisa. Sie raucht nicht, und sie flucht, brüllt oder albert auch nicht herum. Eigentlich müßte ich sie deshalb gern haben; aber ich mag sie nicht, denn sie sieht so langweilig und trübselig aus. Sie kann alle Aufgaben auswendig, wirkt dumm wie Bohnenstroh, ist furchtbar nervös, und sie beißt auf ihren Nägeln herum, daß es knackt. Wenn ich sie anspreche, guckt sie mich verwirrt und dankbar an. Deshalb sage ich jetzt nichts mehr zu ihr.

Jonny ist der schlimmste von allen. Er grinst fast ständig und macht die Englischlehrerin damit ganz unsicher. Man sieht es ihr an, daß sie ihn ohrfeigen möchte, es aber nicht wagt. Einmal versuchte sie, ihn 'rauszuwerfen, weil er unverschämt war, aber Jonny blieb einfach auf seinem Platz sitzen und sagte: „Wenn Sie mich nicht hier drin haben wollen, müssen Sie mich 'raustragen. Ich habe ein Recht darauf, hierzusein."

Daraufhin antwortete die Lehrerin nur: „Du hast nicht das Recht, den Unterricht zu stören."

Da drehte er langsam den Kopf 'rum, guckte alle in der Klasse an und fragte: „Störe ich etwa den Unterricht?"

Und alle seine Bewunderer antworteten: „Jonny stört doch keinen Menschen."

Da wurde die Vipa ganz rot am Hals und im Gesicht und blickte ihre *lieben* Schulkinder – das heißt Inga-Lisa und mich – flehend an. Obwohl mir die arme Lehrerin leid tat, zwang ich mich dazu, sie eiskalt anzustarren. Das war häßlich von mir, denn nun stürzte sie plötzlich hinaus in den Flur.

„Jetzt geht sie zum Direktor", sagte jemand.

„Laßt sie doch ruhig zu ihm gehen", meinte Jonny.

„Ihr könnt ja bestätigen, daß ich den Unterricht nicht störe."

Da wurde ich von heiligem Zorn ergriffen, denn ich kann Jonny nicht ausstehen. Er trägt ein Goldarmband um das eine Handgelenk, ein kleines goldenes Kreuz um den Hals und immer schwarze oder hellrosa Pullover. Ich finde ihn einfach unausstehlich.

„Mich störst du ganz erheblich", sagte ich.

Es wurde ganz still. Ich fühlte mich von gerechtem Zorn erfüllt, mutig und rechtschaffen.

„Hört nur diese Streberin!" rief Jonny. Aber ich merkte, daß er nicht halb so ungerührt war, wie er tat.

Da vernahmen wir Schritte auf dem Flur, und ein Lehrer, den wir nicht haben, guckte herein und wollte wissen, was los sei.

„Wir warten auf Frau Vipemyr", erwiderte Jonny in plötzlich ganz höflichem Ton. „Ich glaube, sie wollte etwas holen."

Daraufhin nickte der Lehrer und verschwand. Dabei hätte doch ein fünfjähriges Kind merken können, daß hier etwas nicht stimmte! Manche Lehrer haben anscheinend dafür kein Gespür, oder sie trauen sich nicht, nachzuforschen.

Danach geschah nichts. Pelle, der unser Türwächter ist, obwohl niemand in dieser Schule jemals einem Lehrer die Tür aufhält, wenn er nicht dazu aufgefordert wird, schlich hinaus und horchte im Flur. Er blieb ziemlich lange fort. Als er zurückkam, sagte er, er glaube, Frau Vipemyr sei auf der Mädchentoilette ganz hinten im Flur und weine, denn von dort her klänge es, als schnüffele jemand so sonderbar. Pelle machte einen aufgeregten Eindruck. Er ist der Kleinste von uns und sieht aus, als ginge er ungefähr in die dritte Klasse.

„Laß sie ruhig heulen", sagte Jonny. „Mich beleidigt man nicht ungestraft."

Dabei starrte er mich drohend an.

Ein paar Mädchen regten sich auf und wollten jemanden hinausschicken, der die Vipa trösten sollte, aber niemand wollte dieser Jemand sein. Da läutete es. Das tut es immer in der Schule; deshalb kann nie etwas ordentlich zu Ende geführt werden. Manchmal ist man allerdings froh, wenn es läutet – eigentlich fast immer, wenn ich es mir recht überlege.

Das nächste Mal, als wir Englisch hatten, sagte die Lehrerin nichts über das, was vorgefallen war. Aber sie guckte Jonny die ganze Stunde nicht an, und er verhielt sich ruhig, machte aber ein überlegenes Gesicht. Dann wurde alles wieder wie gewöhnlich. Die Vipa schimpfte und nörgelte, aber niemand kümmerte sich darum; und Jonny war fast noch schlimmer als sonst, mit seinem Grinsen und seinem speziellen Rundblick, mit dem er sich vergewissert, ob er auch im Mittelpunkt des allgemeinen Interesses steht.

Jetzt kommt Papa nach Hause. Sieben Autos lägen auf der Hauptstraße im Graben, sagt er. Ich bin froh, daß ich sie nicht gesehen habe.

1. 2.

Heute ist etwas *Widerwärtiges* passiert. Als ich nach der Deutschstunde über den Schulhof zur Turnhalle gehen wollte, sah ich Jonny und drei andere Jungen aus der Klasse hinter einer Hecke kauern. Es sah aus, als warteten sie auf mich. Ich ging zusammen mit Inga-Lisa und Rosita, einem dunkelhaarigen Mädchen, das dauernd kichert und nie etwas Vernünftiges sagt. Plötzlich stürzten Jonny und Kent auf mich zu, packten mich an den Armen und schleppten mich hinter die Hecke. Ich strampelte, so sehr ich konnte, und landete einen Volltreffer gegen Jonnys Schienbein, so daß er fluchte. Ich wollte schreien, aber die Jungen hielten mir den Mund zu. Ich sah, wie Inga-Lisa ausriß, aber Rosita blieb stehen. Sie kicherte diesmal nicht.

„Ich hole Hilfe!“ rief sie.

Da packte jemand – ich konnte nicht sehen, wer es war – Rosita an ihren langen schwarzen Haaren und zog, daß sie aufschrie.

Kent und Sven und Conny hielten mich eisern zwischen sich fest, so daß ich nicht einmal mehr Fußtritte verteilen konnte, obwohl ich es natürlich versuchte.

Jonny stand nur da und starrte mich an, genau wie ein Gauner in einem Gangsterfilm, mit blinzelnden Augen und seinem ekelhaften Grinsen.

„Wir wollen mal nett sein und dir ein bißchen Unterricht im Rauchen geben“, sagte er. Er nahm einen Zigarettenstummel aus einer Schachtel, zündete ihn an, sog den Rauch ein und blies ihn mir ins Gesicht. Ich versuchte, ihn anzuspucken; aber mein Mund war viel zu trocken. Dann versuchte er, mir mit Gewalt den Stummel in den Mund zu stecken. Da biß ich ihn so hart in die Finger, wie ich nur konnte. Er fluchte und schlug mich ins Gesicht. Alle vier hielten mich fest und verdrehten mir die Arme. Ich glaubte, ich müßte ersticken, denn ich hielt den Mund fest zusammengepreßt, um dem widerlichen Stummel zu entgehen, und die Jungen kniffen mich in die Nase. Der eine haute mich auf die Brust und sagte irgend etwas Scheußliches.

Ich dachte: „Jetzt sterbe ich." Aber auf einmal fühlte ich mich vor Wut ungeheuer stark, und ich trat mit einer solchen Wucht nach ihnen, daß ich dachte, mein Bein bräche entzwei. Anscheinend traf ich Kent, denn er stöhnte auf, als ginge die Luft aus ihm heraus.

Da zischte Conny plötzlich: „Los, wir müssen weg – ich glaube, da kommt jemand."

Sie ließen mich los, und Jonny murmelte aus einem Mundwinkel: „Du hältst den Schnabel, verstehst du? Sonst wirst du was erleben, das kann ich dir flüstern!" Dann sausten sie alle vier davon.

Die Jungen hatten sich geirrt: Der Hof war leer. Ich ging in den Waschraum und beguckte mich im Spiegel. Wüst sah ich aus. Von Jonnys Ohrfeige hatte ich einen blauen Fleck im Gesicht bekommen, und mein Mund war ganz verschwollen. Ich kämmte mich und wusch mir das Gesicht. Dann ging ich auf den Flur, holte meinen Mantel und meine Mütze und dachte: „Wenn ich jetzt einen Lehrer treffe, erzähle ich ihm alles." Langsam überquerte ich den ganzen Schulhof, traf aber niemanden. Dann wanderte ich die Straße hinunter ins Dorf, und da begegnete ich Frau Vipemyr. Sie nickte freundlich. Ich knickste und dachte: „Kann sie nicht fragen, was ich um diese Zeit hier draußen zu suchen habe?" Aber sie fragte nicht, sondern setzte nichtsahnend und vergnügt ihren Weg fort. Eigentlich kann ich ihr nicht einmal einen Vorwurf machen, denn in dieser Schule gibt es so viele Wahlfächer, verschiedene Arbeitsgruppen und Freistunden, daß sich niemand wundert, wenn ein Schüler mitten am Vormittag durchs Dorf läuft.

Ich setzte mich in die Konditorei, trank Tee und aß einen Zwieback. Zum Glück besteht Mama darauf, daß ich immer zwei Kronen bei mir habe, die ich allerdings nur im Notfall ausgeben darf.

Da saß ich nun und grübelte. Ich hätte zum Direktor gehen sollen, aber er kann ja in der Schule keine Ordnung halten, darum wäre das wohl sinnlos gewesen. Er würde mir nur eine Menge scheußlicher Fragen stellen. Am liebsten hätte ich geheult, aber das paßte schlecht mitten im Café. Deshalb unternahm ich gar nichts, sondern starrte nur verzweifelt vor mich hin, und die Kellnerin blickte mich stumpf an, wie es Kellnerinnen in kleinen Lokalen kleiner Orte tun, in denen nie etwas geschieht, höchstens der eine oder andere Mord und der eine oder andere Diebstahl.

Dann fuhr ich mit dem Schulbus nach Hause. Mama

war gerade beim Bügeln und machte ein grämliches Gesicht. So ein Gesicht macht sie fast immer, wenn sie bügelt. Sie guckte mich kaum an. Nachdem ich Schokolade getrunken und ein Brötchen gegessen hatte, zog ich mich also gleich um und holte Flaumfeder aus dem Stall.

Beim Abendessen merkte Papa, daß ich eine geschwollene Backe hatte. Ich log ihm vor, bei meinem Ritt durch den Wald hätte ein Zweig mein Gesicht gestreift. Da meinte er: „Du mußt vorsichtig sein."

Papa und Mama hatten es eilig, denn sie waren irgendwo eingeladen. Papa fand seine goldenen Manschettenknöpfe nicht, und alles war in Aufruhr. Bevor sie weggingen, gaben sie mir ihre Telefonnummer und eine Menge Ermahnungen: ich sollte hinter mir zuschließen, Pingpong nicht 'rauslassen und ich weiß nicht, was noch alles. Es war ja das erste Mal, daß sie mich abends hier allein ließen. Aber das störte mich nicht. Ich hatte ganz andere Sorgen!

Ich wundere mich nur, daß Eltern so was nicht *spüren!* Sie müßten doch gemerkt haben, daß etwas Abscheuliches geschehen war, und hätten mich trösten müssen. *Muß* man denn *alles* erzählen? Sie dürften wirklich auch mal etwas von selbst begreifen.

Ich habe den ganzen Abend geheult und das hier geschrieben. Ich weiß, Papa würde Himmel und Erde in Bewegung setzen, wenn er wüßte, wie wüst Jonny und die anderen mich behandelt haben. Aber was geschähe dann? Dann gäbe es ein Riesentheater, und ich könnte auf keinen Fall mehr in diese Schule gehen. Daraufhin würden mich die Eltern vielleicht in eine Schule in der Stadt schicken. Dann hätte ich einen viel längeren Fahrweg und käme kaum noch dazu, mich um Flaumfeder zu kümmern.

Ich muß also den Mund halten. Ach, ich wünschte, ich wäre tot. Oder Jonny, Kent, Sven und Conny wären tot. Ich hasse sie. Ich *hasse* sie.

2. 2.

Eigentlich wollte ich heute nicht in die Schule gehen, aber dann bin ich doch gegangen. Jonny hat nicht ein einziges Mal in meine Richtung geguckt. Ich glaube, er hat Angst. Ich will ihm auch *Angst machen*, ich weiß nur noch nicht, wie. Rächen werde ich mich, das steht fest. Er soll seine Unverschämtheit büßen. Auch Kent, Sven und Conny taten so, als sei ich Luft. Inga-Lisa saß ganz verstört in ihrer Bank, aber Rosita kam auf mich zu und sagte: „In der Frühstückspause gehen wir zu mir nach Hause."

Das taten wir dann auch, und ich muß sagen, Rosita ist viel besser, als ich dachte. Über Jonny und seine Kumpane sind wir der gleichen Meinung. Ich habe noch nie jemanden so gern gehabt wie Rosita in dem Augenblick, als sie erklärte, diese vier seien die scheußlichsten Kerle, die sie kenne. Sie sagte, sie hätte Hilfe holen wollen, denn schließlich müßte doch mal *ein* Lehrer auf dem Schulhof zu finden sein. Aber Jonny habe sie an den Haaren gezogen und ihr gedroht. Wenn sie petze, würde sie ihres Lebens nicht mehr froh werden.

Jonny wohnt im Ort. Er gehört zu der Sorte Burschen, die jeden Abend am Würstchenkiosk herumlungern, Automaten plündern und Fensterscheiben einwerfen. Rosita weinte beinahe, als sie sagte, auf Jonnys Drohung hin habe sie es einfach nicht gewagt, Hilfe zu holen, denn wenn sie abends weggehe, träfe sie ihn oft, und da wäre er imstande, sie zusammenzuschlagen.

Nachdem wir uns ausgiebig über Jonny und die anderen unterhalten und uns gegenseitig versichert hatten, wie sehr wir sie haßten, bot Rositas Mutter uns in der Küche Kaffee und Rosinenbrötchen an. In Rositas Küche ist es ganz anders als in unserer. Vor den Fenstern hängen Gardinen mit Volants, und überall liegen Spitzendeckchen. Piekfein. Und eine Geschirrspülmaschine steht darin und eine Gefriertruhe und eine Mixmaschine und ich weiß nicht, was noch alles. Sie müssen unheimlich viel Geld haben. Die Mutter war nett und lustig. Sie holte Eis und Kuchen und Eisschokolade aus dem Kühlschrank. Es schmeckte wunderbar.

Dann zeigte mir Rosita ihr Zimmer. Es ist genauso eingerichtet, wie ich es mir gedacht hatte: voller Popbilder, und sie hat ein eigenes Tonbandgerät und einen Plattenspieler. Manchmal denke ich, es ist dumm, daß ich mich für so etwas nicht begeistern kann, denn da könnte ich mich mehr mit Leuten unterhalten. Aber ich bringe es nicht fertig. Rosita zeigte mir auch ihre neuen Kleider. Da kam ich in eine schwierige Lage, denn ich fand die Sachen ziemlich häßlich, mußte aber natürlich so tun, als interessierte ich mich dafür. Ich fühlte mich ein bißchen falsch. Aber danach redeten wir über Inga-Lisa und darüber, wie doof sie ist, und da fühlte ich mich wenigstens nicht mehr falsch, nur ein bißchen boshaft.

Auf dem Rückweg zum Unterricht sagte Rosita, alle Leute wüßten, daß wir in die schlimmste Klasse der ganzen Schule gingen und daß das Jugendamt und die Polizei vor ein paar Monaten einige Freunde von Jonny festgenommen hätten. Sie erzählte mir auch, daß Jonny schon fünfzehn ist! Als er in die Schule kommen sollte, war er nicht schulreif. Das ist er bestimmt jetzt auch noch nicht.

Sie sagte auch, er bekäme so viel Geld von seinen Eltern, wie er wolle. Sein Vater hat eine Fabrik und ist steinreich! Inga-Lisas Vater ist Volksschullehrer in einem Walddorf. Sicher ist sie deshalb so eine Streberin, das sind Lehrerkinder ja oft.

Rosita hat ihr ganzes Leben in diesem Ort verbracht und weiß alles über alle Leute: wer arm ist, wer sich jedes Jahr ein neues Auto kauft und wer fromm ist. Pelle, der Arme, muß jeden Sonntag zum Kindergottesdienst gehen, obwohl er schon vierzehn ist! Er hat Glück, daß er viel jünger aussieht und so klein ist. Seine Mutter verprügelt ihn. Sie ist Putzfrau in der Schule. Der Vater ist von daheim weggezogen, weil die Gemeinde es nicht duldete, daß er trank. Ich finde, Pelle ist der beste von den Jungen in unserer Klasse. Auch Rosita mag Pelle gern. Conny ist der beste Schwimmer in der ganzen Schule, sagt Rosita. Sobald das Wasser warm würde, sei er in Ordnung, denn dann trainiere er den ganzen Tag. Schade, daß es bis zum Sommer noch so lange dauert.

Rosita will mich an einem Samstag nach der Schule besuchen. Ich weiß nur noch nicht, ob *ich* das will. Samstags ist Papa meistens zu Hause, und da würde er sie sehen. Papa hat so seine eigenen Ansichten. Er meint, Mädchen müßten schneidig sein, ordentlich gekämmt aussehen und nicht dauernd kichern. Rosita ist sozusagen nicht Papas Typ. Sie ist sehr niedlich und ein bißchen rundlich und hat lange dunkle Haare, die hin und her schlenkern. Sie *liebt* Pferde und hat bei Bekannten auf dem Lande auf einem Pony geritten, und sie hat Bücher über Mädchen und Pferde gelesen. Na ja, ich habe so meine Bedenken bei Leuten, die besonders betonen, daß sie Pferde lieben. Das sind gerade die, die nicht so viel davon verstehen.

Und dann will ich auch nicht, daß jemand anders Flaumfeder reitet, obwohl es andererseits spaßig wäre zu sehen, was Flaumfeder für eine Miene dazu machen würde. Wenn sie nun Rosita abwürfe! Eigentlich wäre es herrlich, ein Pferd zu haben, das niemanden anders auf seinem Rücken duldet als mich. Aber dafür ist Flaumfeder sicher zu lieb.

Ich habe in der letzten Zeit sehr intensiv mit Flaumfeder gearbeitet, und Papa freut sich darüber. Er meint, sie sei in den einzelnen Gangarten gut versammelt und das ist richtig so, aber er bemängelt, daß meine Hand noch zu hart sei, sie müßte viel weicher werden. Im Trab kommt Flaumfeder jetzt gut heraus, im Schritt sowieso, aber im Galopp versucht sie, sich vom Zügel zu befreien und durchzubrennen.

3. 2.

Heute sah Papa sehr zufrieden aus, als er nach Hause kam. Er machte ein vielsagendes Gesicht wie manchmal und sagte, er habe eine gute Nachricht. Dabei tat er so geheimnisvoll, daß sogar Pingpong ganz wild wurde und an ihm hochsprang. Dann erzählte er uns, daß wir am Montag ein Regimentspferd bekämen. Es sei ein Wallach, zwölfjährig und ein guter Springer.

Aber Papa weiß nicht mal, wie sein Pferd heißt! Es ist ein Fuchs – ziemlich hoch, ich glaube 165 Zentimeter. Mit Blesse und auf der linken Hinterhand weiß gestiefelt. Er hat heute einen Proberitt auf ihm gemacht. „Steif wie ein Brett“, sagte Papa und lachte. „Aber mit der Zeit wird man sicher ein Pferd aus ihm machen können.“

Himmlisch!

Das war wohl die Belohnung dafür, daß ich nichts über Jonny gesagt habe. Jetzt pfeife ich auf Jonny. Trotzdem werde ich mich natürlich an ihm rächen, sobald ich Zeit dazu habe.

Mama hat ihre alte Reithose herausgesucht, die sie seit vielen Jahren nicht mehr getragen hat. Sie paßte ihr noch. Sie beguckte sich den ganzen Abend im Spiegel und war selig. Manchmal hat man wirklich den Eindruck, daß Mütter ein bißchen albern sind. Ich finde es allerdings prima, daß Mama nicht dick ist. Ich glaube, wenn ich eine dicke Mutter hätte, wäre ich todunglücklich.

9. 2.

Gestern kam Papas Wallach an. Er heißt Komet. Was für ein Name für ein Pferd, das eher wie ein schwerfälliger Ochse aussieht! So kam er mir wenigstens zuerst vor, als er aus dem Transporter kletterte. Er hat einen jämmerlichen kleinen Schweif und überhaupt kein edles Blut. Er ist ganz anders als Flaumfeder. Aber es besteht ja auch ein Unterschied zwischen einem edlen Pony wie Flaumfeder und einem Regimentspferd wie Komet. Er hat zwar schöne spitze Ohren, hübsche Augen und ein feines zartes Maul, aber O-Beine und einen Grasbauch.

Papa hatte sich frei genommen, und wir putzten und sattelten Komet, sobald er sich ein bißchen ausgeruht hatte. Zum Glück werden die Tage jetzt länger, so daß man besser sehen kann, was man tut. Komet hat einen Offizierssattel, keinen Mannschaftssattel, wie ich geglaubt hatte. Als Papa oben saß, sah er aus wie ein müder Ochse – Komet, meine ich natürlich, nicht Papa. Aber nachdem sie ein bißchen auf meinem Dressurrechteck herumgeritten waren, machte er schon einen viel besseren Eindruck, und zum Schluß war er richtig in Ordnung.

Die kleine alberne Flaumfeder machte sich vor Komet wichtig, küßte ihn auf die Nüstern und drängte sich an ihn. Dann ritten wir in den Wald. Papa sagte: „Jetzt wollen wir in aller Ruhe einen Spazierritt machen."

Aber als wir zu dem großen Hügel kamen, erklärte er: „Es ist wohl am besten, wir probieren ein bißchen aus, was er kann. Halt dich fest, Piglet."

Und dann ging es im Galopp bergauf. Flaumfeder glaubte, wir wollten einen Wettlauf machen, und rannte, so schnell sie konnte. Es war herrlich!

Oben im Wald, wo eine Menge gefällter Bäume liegt, sagte Papa: „Wir wollen mal sehen, ob Komet springen kann."

Und wir sprangen über die Baumstämme, daß es nur so pfiff. Flaumfeder war so tüchtig; sie sprang immer hinter Komet her, obwohl ich sie fast überhaupt noch nicht habe springen lassen. Sie stellte die Ohren nach vorn wie ein richtiges Springpferd und schnaubte. Wunderbar!

Komet war pitschnaß, als wir nach Hause kamen, aber Flaumfeder schwitzte nur ein bißchen am Hals. Sie hat wirklich Kondition. Wir versuchten, Komet mit Heuwischen abzutrocknen. In den Büchern steht immer, man soll Strohhalme oder Heuwische nehmen; aber ich habe noch nie gesehen, daß ein Pferd auf diese Weise trocken wird.

Dann gingen Papa und ich ins Haus und aßen Abendbrot. Es war sieben Uhr, und Mama hatte sich schon gesorgt. Aber Papa war so froh, und es wurde riesig gemütlich. Es gab Fleischklöße und Apfelkompott.

Ich pfeife auf Jonny. So!

15. 2.

Papa und ich gehen jetzt morgens immer zusammen in den Stall, das ist prima. Um halb sieben stehen wir auf. Ich ziehe Pullover und Reithosen an, und Papa trägt über seinem Pyjama einen alten Pelz. Wir geben den Pferden Heu und Hafer, misten aus und striegeln. Papa ist allerdings ziemlich großzügig. Er kratzt meistens die Hufe nicht aus, außerdem striegelt er nicht so intensiv wie ich. Wenn wir wieder ins Haus kommen, hat Mama den Kaffee fertig, und dann ziehe ich mich um und gehe in die Schule.

Jetzt bin ich in der Schule meistens mit Rosita zusammen. Ich versuche, „Interessen in ihr zu wecken“, wie unser Klassenlehrer Johansson aus der alten Schule sagen würde, und habe ihr ein paar gute Pferdebücher geliehen. Aber im Grunde ist sie wohl „bildungsunfähig“, wie unser Direktor immer von uns sagte.

Der Direktor der Schule, in die ich jetzt gehe, sagt gar nichts. Eines Morgens versammelte er die ganze Oberstufe im Turnsaal. Er versuchte, mit uns zu sprechen, und erklärte, er habe *Vertrauen* zu uns. Ich glaube, er wollte uns vor Suchteinflüssen wie Rauschgift, Alkohol oder Nikotin warnen. Er sprach wie ein Onkel zu uns und benahm sich so albern, daß ich ihn nicht ernst nehmen konnte. Er behauptet, Vertrauen zu uns zu haben! Daß ich nicht lache! Wer zu Jonny und solchen Leuten Vertrauen hat, muß taub und blind sein. Zum Schluß sagte er noch, wir sollten zu ihm kommen, wenn wir irgendein „kleines Problem“ hätten; dann würden wir zusammen darüber sprechen. Ich bin heilfroh, daß ich mit meinem „kleinen Problem“ nicht zu ihm gegangen bin.

Es gibt nur einen einzigen Menschen in dieser Schule,

der in Ordnung ist: das ist die Schulschwester. Sie hat einmal im Monat Sprechstunde. An dem Tag ist es still in den Gängen. Sie macht die Runde durch die Schule, und wer auch nur ein bißchen dumm tut, bekommt einen Rüffel. Sie ist groß und kräftig, und sie flößt *Vertrauen* ein. Barsch ist sie auch, aber sie hat freundliche Augen und lacht so nett. Meistens schimpft sie natürlich, aber das ist ganz richtig. Wenn sie Direktorin bei uns wäre, würde hier bestimmt Ordnung herrschen. Ich überlege, ob ich ihr die Sache von Jonny erzählen soll.

Heute sind Mama und ich zusammen ausgeritten. Es war schön, aber Mama ist so vorsichtig! Wenn jemand wüßte, daß ich die Nachmittage meistens mit meiner Mutter oder meinem Vater verbringe, würde er sicher glauben, ich wäre verdreht. Manchmal sieht es so aus, als glaubte Mama das auch. Sie möchte gern, daß ich Schulkameraden zu uns einlade, weil sie glaubt, daß Jungen und Mädchen in meinem Alter immer mit Gleichaltrigen zusammen sein müßten. Manchmal geht sie mir mit dieser Meinung so auf die Nerven, daß ich wütend werde und sie frage, ob sie es lieber hätte, wenn ich mit dem Rad ins Dorf fahre und um den Würstchenkiosk herumlungere.

Wenn sie den ganzen Tag so viel Lärm und Streit und Stöße und Püffe ertragen müßte wie ich, würde sie in ihrer Freizeit auch keine von ihren *Altersgenossen* mehr sehen wollen.

Aber Mama meint, es müßte doch in dieser Schule auch ein paar nette Kinder geben. Das stimmt sicher, aber wie soll ich denn wissen, welche das sind? Ich bin froh, daß ich Rosita und Pelle in meiner Klasse habe. Pelle hat allerdings eine solche Scheu vor Mädchen, daß er rosa Ohren bekommt, wenn man mit ihm spricht und jemand es sieht.

18. 2.

Für den Kunstunterricht in dieser Schule gebe ich keinen Pfifferling, besonders wenn ich daran denke, wie schön wir es in der alten Schule hatten und welche feinen Sachen wir dort machten. Nicht, weil wir selbst so künstlerisch gewesen wären, aber die Kleine Mücke konnte uns so prima in Schwung bringen. Und dann kniff sie ein bißchen in den Ton oder tupfte ein bißchen mit einem Pinsel und wupps! *wurde* es etwas. Statt der Kleinen Mücke haben wir hier einen Mann, der Bergman heißt. „Zeichnet!“ sagt er nur. Und wenn wir fragen: „Was sollen wir denn zeichnen?“, antwortet er: „Irgend etwas. Hauptsache, ihr seid beschäftigt.“

Da zieht man bestenfalls ein paar träge Striche, aber die meisten tun nicht einmal das. Einige kommen überhaupt nicht, und die anderen sitzen nur herum und schwatzen. Herr Bergman kümmert sich nicht drum, ob einmal zwanzig in der Klasse sitzen und ein andermal nur fünf; er merkt keinen Unterschied. Er schlendert nur stumm durch den Raum. Vielleicht denkt er künstlerische Gedanken, man kann das ja nie so genau wissen. Aber langweilig ist es, denn er merkt nicht einmal, ob man sich wirklich Mühe gibt oder nicht. Er hat schrecklich traurige Augen, und er bringt uns alle in so bedrückte Stimmung, daß wir nicht einmal Lärm machen.

Aber die Holzarbeit im Werkunterricht macht Spaß. Zuerst wäre die ganze Klasse beinahe in Ohnmacht gefallen, als ich sagte, ich wolle werken. Der Direktor meinte, Holzarbeit hätte ein Mädchen bisher noch nie gewählt. Und die Vipa fragte, ob ich wirklich nicht lieber nähen wollte wie die anderen Mädchen, denn das könnte mir doch so viel nützen. Aber ich sagte, mit Holz, Säge und Hammer umgehen zu lernen könnte mir genauso viel nützen.

Der einzige, der sich freute, war der Werklehrer. Er nahm mich mit offenen Armen auf und nannte mich eine Pionierin. „Nieder mit der Trennung der Geschlechter beim Werkunterricht!“ meinte er.

Ich schnitze gerade ein kleines Pferd, und es wird klasse. Zuerst benahmen sich die Jungen ganz blöd. Sie stellten sich hintereinander auf, um zu sehen, wie ich sägte, und machten sich wichtig. Aber jetzt haben sie sich daran gewöhnt – alle, außer Jonny, Conny und Kent.

„Wenn sie verheiratet ist, wird sie ihrem Mann die Knöpfe sicher annageln statt annähen“, meint Jonny.

„Falls sie überhaupt einen Mann kriegt“, sagt Conny.

„Was bei ihrem Aussehen sehr unwahrscheinlich ist“, ergänzt Kent.

In diesem Stil ziehen sie dauernd über mich her.

Eins ist sicher: Ich habe nicht etwa deshalb Werkunterricht gewählt, um mit den Jungen zusammenzusein. Laila mit den langen Haaren bildet sich das nämlich ein und verbreitet es in der Klasse, und dann kichern die Mädchen.

Aber Pelle gefällt mein kleines Pferd. Er hält es oft in der Hand und betrachtet es. Er sagt, es hätte einen so ausdrucksvollen Kopf. Pelle ist ein feiner Kerl.

19. 2.

Es gibt nichts Angenehmeres auf der Welt, als morgens in den Stall zu gehen. Komet sieht mich schon durch sein Fenster und wiehert mir entgegen. Flaumfeder scharrt immer mit dem rechten Huf und guckt mich mit ihren dunklen Augen so vorwurfsvoll an, bis ich ihr etwas Gutes gebe. Sie nutzt die Eisen an ihrem rechten Vorderhuf viel schneller ab als an den anderen Hufen. Sie wird wohl am Ende noch hinken.

Wenn ich dann mit dem Hafer zu Komet gehen will, muß ich mich schmal machen und flink sein wie ein Wiesel, denn er ist so gierig, daß er sich blitzschnell umdreht, um so schnell wie möglich an die Krippe zu kommen und das Futter zu verschlingen. Wenn er einem im Vorbeirennen zufällig auf die Füße tritt, läßt *ihn* das eiskalt. Aber es tut wahnsinnig weh, das kann ich ihm sagen!

Flaumfeder hat viel feinere Manieren. Sie mustert mich und den Eimer, tänzelt ein bißchen um mich herum und versucht, die Nüstern in den Eimer zu stecken und sich ein wenig Hafer zu schnappen. Aber das alles tut sie eigentlich mehr wie im Spiel.

Ich glaube, Flaumfeder ist das entzückendste Pferd, das es gibt. Und das liebste.

20. 2.

Hurra, ich habe meine Rache bekommen! Heute ist Sonntag, und Papa und ich machten einen langen Spazierritt. Als wir gerade einen kleinen Waldweg entlangritten, war auf einmal ein toller Lärm zu hören. Ein paar Jungen kamen auf dem Moped angebraust. Ich sah sofort, daß es Jonny und ein Junge aus der neunten Klasse waren. Aber da weder Jonny noch ich im Traum daran denken würden, uns zu grüßen, nicht mal, wenn wir uns nach einem Schiffbruch auf einer verlassenen Insel träfen, konnte Papa ja nicht wissen, daß einer der Jungen in meine Klasse geht.

„Jetzt wollen wir mal die Gäule erschrecken, daß sie durchgehen", grölte Jonny über den Mopedlärm hinüber und fuhr hinter uns ein paar wilde Kurven. Flaumfeder bekam solche Angst, daß sie nach vorn drängte, einen Riesensprung über den Graben machte und geradewegs in den Wald lief. Komet regte sich nicht so auf, wurde aber auch unruhig. Papa brüllte die Jungen an, aber da er mit Komet alle Hände voll zu tun hatte, konnte er nicht in voller Lautstärke schreien. Die Jungen rasten vorbei, und hinter ihnen spritzte der Schneematsch hoch. Ich ritt wieder auf den Weg; Papa brummte böse vor sich hin. Dann ritten wir ein Stück weiter und kamen an eine Biegung. Dort hatten Jonny und sein Freund anscheinend schon auf der Lauer gelegen, denn sobald sie uns erblickten, fingen sie wieder an zu grölen und fuhren mit wildem Motorgeknatter auf uns zu. Flaumfeder stieg senkrecht hoch, und ich glaubte, sie würde hinterrücks hinfallen. Papa schien das auch zu befürchten, denn er schrie: „Laß die Steigbügel los und spring ab!" Doch da war Flaumfeder schon wieder mit den Vorderfüßen auf dem Boden. Aber sie war *fuchsteufelswild.* Die Jungen sausten auf ihren Mopeds davon, aber jetzt wurde Papa zornig und galoppierte hinter ihnen her. Komet benahm sich wirklich wie ein Armeepferd und jagte den Feind. Da rutschte Jonny mit dem Moped aus und stürzte, und Papa hielt genau über ihm! Er flog förmlich vom Pferd, riß Jonny am Kragen hoch und brüllte: „Wie alt bist du?"

Jonny sah aus, als wolle er anfangen zu heulen. Komet kleckerte weißen Schaum über ihn, starrte ihn zornig an und schlug mit dem Schweif.

„Fünfzehn", krächzte Jonny.

„Dann bist du also strafmündig", schrie Papa. Und er hielt Jonny eine Vorlesung über Verkehrsvorschriften, Rücksicht im Verkehr und öffentliches Ärgernis, daß es im Wald nur so dröhnte und Jonnys Freund nicht einmal wagte, herüberzugucken. Aber ich sah genau, daß er sich hinter einem Stein versteckt hatte.

Und ich freute mich, ich freute mich, ich freute mich! Denn wenn Papa den BÖSEN JURISTEN herauskehrt, dann hagelt es Paragraphen und Verordnungen, und es ist geradezu himmlisch, ihm zuzuhören. Dann sagte Papa, wer er ist, und erkundigte sich nach Jonnys Namen und Adresse. Man sollte es nicht glauben, aber Jonny heulte fast und jammerte, er habe die Pferde nicht mit Absicht so erschreckt, daß sie durchgingen; und sein Freund kam herangekrochen und bat um Verzeihung. Ich ritt dicht an die beiden heran und fühlte mich herrlich überlegen. Es ist schön, zu Pferd zu sitzen und seine Feinde im Staub – oder vielmehr im Schneematsch – kriechen zu sehen.

Flaumfeder hatte sich inzwischen beruhigt, aber ich gab ihr einen leichten Schenkeldruck, so daß sie sich stolz aufrichtete und Luft aus den Nüstern blies. Flaumfeder hat edle Nüstern, die ganz rot werden, wenn sie sich aufregt. Da sah ich ganz deutlich, daß die Jungen vor den Pferden Angst hatten, schlichte Todesangst. Schade, daß ich keinen richtigen Reitdreß und keine Reitstiefel habe. Ich hatte nur meinen dicken Wollpulli und gewöhnliche Hosen und Skistiefel an.

doch wenigstens einen Sinn. Aber hier sind alle so stumpfsinnig und haben keine Lust, etwas zu tun. Bald bin ich selber genauso stumpfsinnig. Und das ist irgendwie ganz verkehrt, denn von Natur aus bin ich nicht so. Wenigstens glaube ich das nicht.

Andersson, den wir in Mathe haben, kann einen geradezu verrückt machen. Er hätte nicht Lehrer werden dürfen, wenigstens nicht Mathelehrer. Er ist bleich, hohläugig und schrecklich langweilig, und er hat keine Ahnung, wie er mit einer Klasse umgehen soll. Er starrt uns nur verloren an und blättert in seinem Lösungsverzeichnis, und die Aufgaben stimmen nie. Er schreibt an die Tafel, müht sich ab und verrechnet sich immer, und wenn wir ihm das sagen, fummelt er mit dem Schwamm herum und streicht die verkehrten Zahlen durch, so daß es noch falscher wird. Es ist so laut in der Klasse, daß man nicht hört, was er sagt. Meistens kümmert er sich nicht darum, aber manchmal wird er richtig böse und schnauzt uns an. Einmal schrie er, wir seien allesamt Asoziale und gehörten in eine Anstalt. Und dann schreibt er am laufenden Band Bemerkungen ins Klassenbuch; aber das ist natürlich sinnlos, das müßte er selber einsehen. Wir kümmern uns ja doch nicht darum. Manchmal versucht er sogar, uns gewissermaßen zu bestechen, damit wir uns gut benehmen, genau wie Klein Doofy mit seinen Witzen, nur mit einer anderen Methode.

„Wenn ihr euch ordentlich betragt, dürft ihr heute eine Viertelstunde eher gehen“, sagt er.

Da benehmen wir uns dann eine halbe Stunde lang einigermaßen anständig. Dann sagt Conny: „Jetzt können wir uns nicht mehr länger gut benehmen. Ich glaube, es ist am besten, Sie machen jetzt schon Schluß.“

Und da dürfen wir gehen.

In Mathe ist Conny der Anführer, denn Jonny ist da nicht besonders gut. Es ist merkwürdig, aber Conny ist ein Mathematikgenie und versteht fast alles, sogar Aufgaben, die wir in der Schule nie durchgenommen haben. Rosita sagt, sein Vater ist Ingenieur und hilft ihm bei der Mathematik. Andersson hat sichtbare Hemmungen vor Conny, weil Conny alle Fehler findet, die er – ich meine Andersson – macht.

Wir haben Andersson auch in Physik, und da ist es genauso verrückt. Ich habe noch nie erlebt, daß ein Versuch beim ersten Mal gelungen ist.

Und die Vipa! Die mag ich eigentlich noch weniger. Andersson ist zwar unmöglich, aber er weiß es wenigstens. Die Vipa dagegen findet sich selbst prima. Dauernd erzählt sie uns, wie beliebt sie bei anderen Klassen ist und daß sie nicht verstehen kann, warum wir immer nur Lärm machen.

Sie ist so naiv, daß man mit ihr alles mögliche anstellen kann. Neulich sagte Laila mit den langen Haaren, sie fände es albern, daß wir die Lehrer mit Herr und Fräulein und Frau anreden müssen.

„Oh, Laila, ich freue mich, daß du das sagst!" rief da die Vipemyr. „Natürlich dürft ihr mich Maud nennen, wenn ihr wollt. Das ist wirklich viel netter!"

Ich weiß allerdings nicht, ob sie es dann noch so nett fand, als Jonny sich nach einer Weile meldete und sagte: „Hör mal, Maud, mach doch jetzt Schluß für heute. Wir haben keine Lust mehr, Englisch zu lernen."

Da versuchte die kleine Maud ein Lächeln, aber es glückte ihr nicht besonders.

Jeder einzelne – außer mir und Rosita und natürlich

Inga-Lisa – bemühte sich, bei der Vipa einen Satz mit „Du“ und „Maud“ anzubringen, und am Schluß der Stunde sagte unsere liebe kleine Maud: „Ihr habt keine Veranlassung dazu, unartig zu sein, nur weil ich euch das Du angeboten habe.“

„Meinst du wirklich?“ fragte Jonny und tat ganz erstaunt.

Manchmal bewundere ich ihn beinahe, obwohl ich ihn verabscheue.

Aber ich wünschte, Frau Vipemyr wüßte, daß wir im Werkunterricht alle zu unserem Lehrer du sagen und daß es trotzdem ganz ausgezeichnet geht. In dieser Stunde herrscht immer eine gewisse Ordnung. Zumindest sorgt der Werklehrer dafür, daß Jonny nicht übermütig wird.

Die Vipa soll doch nicht glauben, daß eine Klasse sich ändert, nur weil sie die Lehrer duzen darf.

28. 2.

Monka sitzt in ihrem Bett und schreibt in ihr Tagebuch, und ich sitze in meinem Bett und schreibe in mein Tagebuch. Wir haben jede das Tagebuch der anderen gelesen. Monka sagt, bei diesem Jonny sei Hopfen und Malz verloren, er sei einfach ein hoffnungsloser Fall. Mein Tagebuch hat einen tollen Eindruck auf sie gemacht, und sie wollte wissen, wie ich es fertigbrächte, so viel zu schreiben.

Das ist doch keine Kunst. Mein sogenanntes VERGNÜGUNGSLEBEN ist ja begrenzt. Meistens habe ich nur mit Flaumfeder und der Schule zu tun; da bleibt immer noch genug Zeit zum Schreiben.

Monkas Tagebuch handelt in der Hauptsache von Jungen und dann natürlich vom Reitstall. Sie ist beim Springen Vierte geworden! Das ist so etwas, was einen neidisch macht. Und dann ist sie viel mit Kristina zusammen gewesen, seit ich nicht mehr in der Stadt wohne. Es ist nicht besonders angenehm, wenn man so etwas lesen muß. Ich habe Kristina immer für ein bißchen doof und ziemlich falsch gehalten. Aber sie paßte gut auf, als Monka sozusagen frei wurde. Und manche Mädchen können ja nicht leben, wenn sie nicht eine beste Freundin haben, der sie alles anvertrauen und mit der sie über andere Mädchen schlecht reden können – am liebsten über solche, die vorher ihre besten Freundinnen gewesen sind, denn über die haben sie so unheimlich viel Schlechtes zu berichten.

Ich würde Kristina nicht mal anvertrauen, wie viele Nägel Flaumfeder in ihren Hufeisen hat, denn Kristina würde auch das so hindrehen, daß es aussähe, als wäre sowohl ich als auch Flaumfeder vollkommen verrückt. So eine ist sie nämlich. Aber das habe ich Monka nicht gesagt. Ich habe ganz einfach *Selbstdisziplin* geübt. Unser alter Direktor würde sich über mich freuen, wenn er das wüßte, denn er liebt Selbstdisziplin.

Monka und ich haben uns gegenseitig unser Ehrenwort gegeben, nicht zu lesen, was die andere von jetzt ab schreibt; sonst würde ich es natürlich nicht wagen, hier meine Meinung so offen zu äußern. Ich finde allerdings, man sollte ein Ehrenwort nicht übermäßig strapazieren, deshalb will ich mein Tagebuch lieber gut verstecken.

Zuerst war Monka gar nicht so, wie ich sie in Erinnerung hatte. Sie ist etwas größer geworden und sieht mit ihrem neuen Lodenmantel schon mehr wie ein Teenager aus. Der Mantel ist sehr schick. Er ist grün und mit Leder abgesetzt. Ich möchte auch so einen Mantel haben. Außerdem hatte ich ganz vergessen, daß Monka einen so wohlerzogenen Eindruck macht, wenn Eltern dabei sind. Das hat mich immer gereizt, denn Mama sagte manchmal, ich solle sie mir als *Vorbild* nehmen. Sie hat auch eine neue Frisur, kurze Haare mit einem Pony.

Aber dann, als sie Reithosen anhatte und mit in den Stall kam, war sie genauso wie immer. Sie sagte: „O Gott, wie süß!“, als sie Flaumfeder sah, und wurde ganz wild vor Entzücken. Auch Komet fand sie süß. Das ist gut, denn sie soll ihn während der ganzen Ferien für sich haben.

Wir sattelten und gingen sofort mit den Pferden ’raus. Himmel, ist das schön, daß man endlich mit einem vernünftigen Menschen über Pferde sprechen kann!

Den ganzen Nachmittag waren wir damit beschäftigt, einen Parcours zu bauen, und morgen wollen wir Farbe kaufen und die Hindernisse anstreichen. Das Wetter ist wunderbar: Schneeschmelze und Sonne. Monka sagt, sie will immer hierbleiben.

Dann sprangen wir auf dem Parcours. Komet war großartig. Er nahm jedes Hindernis, obwohl Monka einmal auf seinem Hals saß und beinahe ’runtergefallen wäre. Es war fabelhaft. Auch Flaumfeder war tüchtig, wenn man bedenkt, daß sie erst zugeritten wird und noch nicht an Bahnhindernisse gewöhnt ist. Zuerst verweigerte sie jedes Hindernis, aber dann durfte sie hinter Komet her springen, und da ging es gut.

1. 3.

Heute haben wir die Pferde so gut gestriegelt, wie wir nur konnten. Dann flochten wir die Mähnen und verzierten Flaumfeders Mähne mit kleinen blauen Rosetten, die wir dicht hintereinander aufsteckten. Sie sah zum Fressen aus. In Komets Mähne flochten wir rote Bänder; aber ich glaube, mit grünen hätte es hübscher ausgesehen. Komet fraß ruhig weiter sein Heu. Es kümmert ihn nicht viel, was man mit ihm macht.

Monka sagt, Kristina sei eigentlich langweilig. Das ist gut.

Danach ritten wir um die Wette über die Felder. Flaumfeder konnte gut mit Komet mithalten, aber ich ließ sie nicht voll ausgreifen. Sie wird ja erst seit ein paar Monaten geritten, und außerdem ist Komet viel größer.

Am Nachmittag bekam Monka Flaumfeder, und ich ritt Komet. Flaumfeder verhielt sich zuerst abwartend, denn Monka ist ja viel größer als ich und auch schwerer. Kein Wunder: sie ist schon lange vierzehn. Monka hat auch härtere Hände, deshalb fing Flaumfeder an, mit dem Kopf zu schlagen und mit den Vorderfüßen zu tänzeln. Aber nachdem ich ihr sanft zugeredet hatte, trabte sie brav los. Richtig zufrieden war sie allerdings nicht, und mit dem Hals gab sie nicht richtig nach. Auf Komet reitet es sich klasse, aber oh! wie ungestüm er sich vor den Hindernissen benimmt!

Wir haben die Hindernisse angestrichen, und sie riechen so schön nach frischer Farbe, doch Flaumfeder schnaubte sie förmlich an und wollte zuerst nicht nahe an sie herangehen.

Gestern abend haben wir uns bis ein Uhr unterhalten. Monka will vielleicht Ärztin oder Tierärztin werden. Es macht ihr Spaß, Wunden zu verbinden oder den Leuten in den Hals zu gucken. Auf jeden Fall müssen wir beide einen Beruf ergreifen, in dem wir viel Geld verdienen, damit wir es uns leisten können, hier in Ektorp ein Gestüt zu halten und Pferde zu züchten. Wenn Flaumfeder nun wider Erwarten kein erstklassiges Dressurpferd und keine gute Springerin wird, soll sie zur Zucht verwendet werden. Aber ich würde natürlich viel mehr Geld für die Fohlen bekommen, wenn Flaumfeder vorher einige Preise gewonnen hätte und im ganzen Land bekannt wäre.

Heute abend haben wir uns Sirupbonbons gekocht und ein schönes englisches Fernsehstück angesehen. Mama und Papa sind fort, und wir sitzen im Wohnzimmer und haben die Füße auf dem Tisch. Es ist so richtig gemütlich.

Heute, nachdem wir geritten waren und die Pferde gerade auf die Koppel gebracht hatten, kam Rosita auf dem Rad angefahren. Sie hatte ihre rote Hose und einen kribbelbunten Anorak an. Schon als sie über den Hof kam, hatte ich das Gefühl, daß Monka und sie sich niemals vertragen würden. Und so war es auch, obwohl sich beide Mühe gaben, freundlich zu sein.

Wir zeigten Rosita die Pferde, aber sie redete ganz dumm daher. Sie schien nicht zu begreifen, daß Flaumfeder ein Pony ist, denn sie wollte wissen, wann dieses Pferd auch so groß sein würde wie das andere ... Da fing Monka an zu kichern, und ich mußte auch lachen, obwohl ich es nicht wollte. Doch dann waren wir wieder höflich und forderten Rosita auf, sich einmal auf Komet zu setzen. Aber sie wollte nur auf Flaumfeder reiten. Ich erlaubte es ihr, aber es wurde nichts Rechtes daraus, denn ihr ganzes Gerede, daß sie auf dem Lande bei Bekannten Ponys geritten hätte, war wohl nur Angabe gewesen. Sie rutschte hin und her, und Flaumfeder sah sehr beleidigt aus. Zum Glück hatte Rosita nach ein paar Minuten genug.

Danach wußten wir nicht, was wir tun sollten. Wir hatten zwar ursprünglich vor, den Stall sauberzumachen, aber wir konnten schließlich Rosita nicht bitten, uns dabei zu helfen. Deshalb gingen wir ein bißchen spazieren. Rosita wollte nur mit mir von der Schule reden. Das war für Monka aber zu langweilig, daher fing sie an zu maulen. Da bekam Rosita ihre komische Tour und fragte, ob unsere Schule es wohl nicht wert sei, sich über sie zu unterhalten. Ich wußte nicht, was ich darauf antworten sollte, denn eigentlich bin ich mir mit Monka darüber einig, daß diese Schule das allerletzte ist, obwohl Monka das natürlich nicht recht beurteilen kann. Aber andererseits ist Rosita immer sehr nett zu mir gewesen; deshalb wollte ich sie nicht vor den Kopf stoßen. Ich befand mich wirklich in einer dummen Lage.

Dann kam Mama und sagte in ihrer überschwenglichen Weise, die sie manchmal an sich hat, zu Rosita: „Oh, wie nett, daß du uns einmal besuchst." Sie bemühte sich, eine allgemeine Unterhaltung in Gang zu bringen, aber das klappte nicht recht. Monka half Mama, Saft für uns zurechtzumachen, und Rosita wollte unbedingt mein Zimmer sehen.

Anscheinend wollte sie überhaupt *alles* sehen, denn sie schnüffelte in fast allen Räumen herum. Als sie erfuhr, daß ich keinen Plattenspieler habe, war sie ganz erstaunt.

Während wir Saft tranken, stritten sich Monka und Rosita ein bißchen über verschiedene Popbands. Monka kann so gut bei allem mitreden. Beinahe zu gut. Wenn sie mit mir zusammen ist, spricht sie über Pferde und ist genau wie ich. Mit Kristina redet sie bestimmt nur über

Jungen, und mit Rosita sprach sie also über Pop. Zuerst stritten sie sich, aber dann wurden sie beinahe Freundinnen, und Rosita strahlte. Nach einer Weile fingen sie an, über Kleider zu reden. Da war Monka natürlich sofort in Fahrt, denn sie kommt ja aus der *Stadt*. Rosita hörte beinahe *andächtig* zu, und ich wurde sauer und fand Monka falsch. Dann gingen wir ins Badezimmer und stiegen nacheinander auf die Waage. Ich wog mehrere Kilo weniger als die beiden. Sie meinten, das läge daran, daß ich ein Jahr jünger bin als sie. Trotzdem freute ich mich, denn wenn ich eins nicht leiden kann, dann sind es dicke Leute. Und Rosita ist ziemlich rundlich, und Monka hat ganz schön starke Oberschenkel.

Danach wußten wir wieder nicht, was wir machen sollten, bis Monka endlich etwas einfiel. Sie verlangte Papier und Bleistift, und wir spielten „Opa plätschert lustig in der Badewanne". Das war kein besonders guter Einfall, denn Monka und Rosita kennen ja nicht die gleichen Leute; deshalb verstand die eine nie, worüber die andere lachte. So mußte ich Monka immer erst erklären, wer Conny ist, oder Rosita, wer Gunnar ist, und so weiter.

Dann kam Mama und schimpfte, daß wir bei dem schönen Wetter im Zimmer saßen und uns nicht an der frischen Luft aufhielten. Sie scheuchte uns 'raus, als wären wir kleine Kinder.

Schließlich fuhr Rosita mit ihrem Rad nach Hause.

Monka liegt auf ihrem Bett und liest. Ich will jetzt auch gleich lesen. Ich habe „Gösta Berling" von Selma Lagerlöf angefangen. Es müßte eigentlich auf Monka Eindruck machen, wenn sie sieht, daß ich mich mit so einem dicken, klein gedruckten Erwachsenenbuch beschäftige. Übrigens finde ich es ganz spannend.

3. 3.

Heute sind wir einen Weg entlang geritten, den ich vorher noch nicht kannte. Wir kamen an einen sehr schönen Hof und eine Koppel, auf der sich ein dickes Panjepferdchen und zwei nordschwedische Pferde sonnten. Als sie uns bemerkten, liefen sie aufgeregt im Kreis herum und wieherten. Nach einer Weile rannte ein kleiner Dakkel auf uns zu und begrüßte uns, und danach kam ein sehr großes Mädchen, das ich wiedererkannte. Es heißt Eva, wohnt auf diesem Hof und geht in dieselbe Schule wie ich. Eva war furchtbar nett, und wir stellten unsere Pferde in ihren Stall. Dann zeigte sie uns die Kühe und ihre Kätzchen. Sie wußte genau, wer ich bin, obwohl sie in die neunte Klasse geht. Sie sagte, sie hätte mich schon lange einmal besuchen wollen, aber es sei nie etwas daraus geworden. Ihr Panjepferd ist vier Jahre alt. Sie hat es gerade zugeritten. Es sei sehr wild. Wir waren natürlich interessiert und sattelten es. Es heißt Sebastian. Ich finde, das ist ein guter Name.

Monka und ich guckten uns manchmal an, denn wir kennen solche Landpferde, die von Mädchen zugeritten worden sind. Man muß froh sein, wenn man sie durch Klopfen mit den Schenkeln so weit bekommt, daß sie traben, und man ist selig, wenn sie sich zu einem Galopp bewegen lassen. Sie haben fast immer verwachsene Hufe und sind zu fett, denn sie haben nicht genug Bewegung. Außerdem sind sie für ihre Besitzerinnen zu klein. Die Mädchen bekommen sie, wenn sie und das Pferd klein sind, aber dann wachsen die Mädchen schneller als ihr Panjepferd, und ihre Beine baumeln weit herunter.

Sebastian sah richtig hübsch aus mit seinem flauschigen Winterpelz und dem winzigen Stern auf der Stirn. Im übrigen war er genauso, wie wir vermutet hatten, nicht richtig zugeritten und störrisch wie ein Maulesel. Zuerst ritt Eva ihn – mit langen Zügeln, den Fußspitzen nach unten und lockerem Sitz, leicht vornüber geneigt. Sie paßte sich ihm aber recht gut an.

Als es ihr endlich gelungen war, ihn auf einer Koppel zum Galoppieren zu bringen, blieb er plötzlich stehen und setzte sie ab. Eva lachte nur und fragte, wer von uns als nächste Leib und Leben wagen wolle. Monka und ich gerieten uns beinahe in die Haare, aber ich war zuerst im Sattel. Sebastian ist unerhört hart und gefühllos im Maul im Vergleich zu Flaumfeder; aber ich glaube, es gelang mir trotzdem ganz gut, ihn in einen ordentlichen Trab zu bringen. Ich hatte meine Gerte dabei und trieb ihn tüchtig vorwärts. Monka und Eva fanden das anscheinend nicht besonders spannend, denn sie riefen mir zu, ich solle galoppieren. Auch das ging leidlich, obwohl Sebastian immer wieder den Rücken krumm machte und ich ihm einen Klaps nach dem andern geben mußte. Gegen Flaumfeder kam mir Sebastian vor wie eine Ameise. Als dann Evas Vater herauskam, mir freundlich zunickte und sagte, ich sei jederzeit willkommen, Sebastian Schliff beizubringen, fühlte ich mich geschmeichelt.

Nun kam Monka an die Reihe. Sie benahm sich ganz lässig und wollte wohl eine richtige Schau abziehen. Aber entweder war Sebastian müde geworden oder Monka war nicht ganz so gewandt, jedenfalls lag sie eins, zwei, drei im harschigen Schnee und hatte sich die Nase aufgeschürft, während Sebastian frei herumrannte und buckelte. Eva lachte so sehr, daß ihr die Tränen kamen, und ich mußte auch lachen; aber Monka wurde ein bißchen sauer. Sie gab eine Menge Erklärungen ab: ihr Knieschluß sei zu fest, daß Sebastian gereizt worden sei, und so weiter. „Das kannst du deiner Großmutter erzählen“, hätte Papa gesagt.

Wir bekamen dann im Haus Schokolade und Rosinenbrötchen, und Evas Mutter war furchtbar nett und forderte mich auf, bald wiederzukommen.

Monka machte ein finsteres Gesicht. Das kann ich gut verstehen, denn es gibt nichts Schlimmeres, als zuhören zu müssen, wenn andere Leute Pläne machen, von denen man selbst ausgeschlossen ist. Aber das läßt sich ja in ihrem Fall nicht ändern, denn am Sonntag fährt sie wieder nach Hause.

Eva sieht so munter aus mit ihrer lustigen Stupsnase, den blitzblauen Augen, den dicken hellen Wimpern und ihrem dichten Lockenhaar. Sie redet kein dummes Zeug, sondern vernünftige Dinge. Sie kann Traktor fahren und bedient die Melkmaschine, wenn ihr Knecht frei hat, und sie hat fünf Brieffreunde in verschiedenen Ländern, denen sie auf englisch schreibt. Sie ist das Nesthäkchen wie ich. Ihre Brüder sind sechs und sieben Jahre älter als sie. Sie wollen Ingenieure werden, und Eva selbst eine Bäuerin.

Ich habe noch nie jemanden in meinem Alter kennengelernt, der so bestimmt weiß, was er werden will. Ich selbst habe keine Ahnung, was ich später machen soll. Wenn ich über mein Gestüt rede, ist das nur eine Art Tagträumerei, das weiß ich selber. Und mit Monka und ihren Plänen, Ärztin zu werden, ist es genau dasselbe. In der Schule schwatzen ja die Mädchen über alles mögliche, aber bei dem Berufspraktikum im vorigen Herbst wollten sie alle im Selbstbedienungsladen oder beim Damenfriseur hier im Dorf arbeiten, bis auf Inga-Lisa, die natürlich das Kind einer anderen Volksschullehrerfamilie betreute, um so gleichzeitig mit dem Praktikum ein gutes Werk zu tun.

Von Eva war sogar Monka beeindruckt. „Erstaunlich, daß es solche Mädchen mitten auf dem platten Lande gibt", sagte sie auf dem Heimweg.

Zum Abendbrot aßen wir Hackbraten und Apfelkuchen mit Vanillesoße. Seit Monka hier ist, hat Mama unseren Speisezettel ganz schön aufgemöbelt.

4. 3.

Heute morgen schneite es wieder. Monka und ich beschlossen, die weiche Unterlage auszunützen, um ohne Sattel zu reiten.

Wir wollten versuchen, ob wir auch ohne Sattel auf dem Parcours springen konnten. Und es ging gut. Ich war richtig stolz darüber. Dann machten wir alle möglichen Kunststücke, ritten rücklings und im Damensattel und versuchten uns im Wettreiten. Monka gewann, denn Komet kümmerte sich nicht im geringsten darum, ob man so herum oder andersherum auf ihm sitzt; für ihn ist das alles das gleiche. Ich möchte wirklich wissen, was die beim Militär anstellen, um ein Pferd so gleichgültig zu machen. Flaumfeder fängt sofort an zu schnauben und zu tänzeln, wenn ich auf ihr Kunststücke mache; das ist doch wahrhaftig natürlicher. Ich fände es unheimlich, wenn sie das überhaupt nicht merkte.

Als es aufhörte zu schneien, veranstalteten wir eine Art Skikjöring mit Komet. Ich ritt, und Monka ließ sich von ihm auf den Skiern ziehen. Meistens fiel sie dabei in den Schnee. Jedesmal, wenn das geschah, blieb Komet stehen und drehte sich um. Daran merkte man, daß er dieses Spiel schon kannte. Und Flaumfeder, die vornehme englische Lady, war sichtlich aufgeregt, als wir im vollen Ga-

lopp an der Koppel vorbeisausten und Monka auf den Skiern kreischend und lachend hinterherrauschte. Flaumfeder hob ihren Kopf ganz hoch, machte einen richtigen Luftsprung, und dann buckelte sie dreimal hintereinander. Anschließend galoppierte sie bis in die hinterste Ecke der Koppel. Sie bebte vor Erregung.

Als wir die Pferde wieder in den Stall brachten, tauchten plötzlich Hasse und Krister mit ihren Fahrrädern auf. Das sind zwei Klassenkameraden von mir. In jedem Klassenzimmer setzen sie sich immer ganz hinten hin und im Schulbus auch. Sie sagen nie etwas. Ich habe sie „Trantüten" getauft.

Woher sie erfahren hatten, daß Monka hier ist, ist mir ein Rätsel. Aber auf dem Lande wissen die Leute immer alles; es ist mir schleierhaft, wie sie das machen. Eins ist

mir jedenfalls klar: Wenn die Trantüten nicht gewußt hätten, daß Monka hier ist, wären sie nicht gekommen, denn um meiner schönen Augen willen hätten sie ihre warme Stube bestimmt nicht verlassen.

Monka saß auf dem Zaun und schwatzte mit ihnen, während ich ganz allein den Stall ausmisten durfte. Nach einer Weile schien ihr das Gewissen zu schlagen, denn da kam sie zu mir; aber inzwischen hatte ich schon alles saubergemacht.

So langsam verabschiedeten sich Hasse und Krister wieder. Monka meinte, sie seien richtige Landjungen: Man begreife nicht einmal, was sie sagten. Ich hatte allerdings den Eindruck, daß sie alles recht gut begriffen hatte. Monka reist am Sonntag ab. Es ist ziemlich anstrengend, Gäste zu haben.

5. 3.

Heute war ein schrecklicher Tag!

Ich will alles von Anfang an erzählen. Gleich am Morgen waren Monka und ich ein bißchen böse aufeinander. Ich fand, daß sie reichlich viel Platz in meinem Zimmer einnahm, und sie schien das zu merken. Jedenfalls ergriff sie plötzlich meinen alten Brumm-Brumm, hielt ihn hoch und machte sich über ihn lustig, weil er so häßlich ist. Da wurde ich ärgerlich und traurig, denn wenn er jetzt auch ein bißchen schäbig aussieht, ist er doch mein lieber, alter Teddybär und schläft in meinem Bett. Monka schleuderte ihn in eine Ecke und ging aus dem Zimmer. Ich konnte hören, wie sie sich anschließend im Wohnzimmer wieder ganz brav, als wäre nichts geschehen, mit Mama unterhielt, und da wurde ich noch wütender auf sie, denn Mama meint immer, Monka sei wohlerzogen.

Als wir später im Stall herumpusselten, meinte Monka, ich sei furchtbar eingebildet geworden, seit ich ein eigenes Pferd hätte. Ich wolle immer über alles bestimmen, was mit den Pferden zu tun hat, obwohl sie doch wirklich genausogut reite und ebensoviel von Pferden verstehe wie ich. Sie sagte, sie fände es geradezu albern, wie ich mich mit Flaumfeder aufführte. Ich täte so, als könne niemand anders als ich dieses Pferd reiten, und dabei ritte ich mit viel zu langen Zügeln!

Da wurde ich böse und sagte, wenn sie so schlau sei, könne sie es ja von mir aus gern mal mit Flaumfeder versuchen. Ich warf ihr Flaumfeders Zügel zu und sattelte Komet für mich.

Als wir die Pferde hinausführten, saßen die Trantüten auf einem Hindernis und riefen Monka träge einen Gruß zu.

Monka, die sich immer wichtig machen muß, wenn sie Zuschauer hat, gab Flaumfeder die Schenkel, als sei sie ein altes, faules Pferd aus dem Reitstall, und Flaumfeder rannte los, mit angelegten Ohren und eingeklemmtem Schweif. Dann blieb sie plötzlich stehen. Monka nahm die Zügel noch kürzer und zog wie verrückt daran. Ich schrie sie an, sie solle das bleibenlassen. Flaumfeder drehte sich im Kreis und wollte nicht vorwärtsgehen. Ich rief Monka zu, sie müsse die Zügel nachlassen, aber sie wollte nicht hören. Da sperrte Flaumfeder das Maul auf, richtete rückwärts und sträubte sich auf alle mögliche Weise. Monka schlug sie mit der Gerte, und Flaumfeder stieg senkrecht in die Höhe, kam aber gleich wieder herunter. Die Jungen fingen an zu lachen und fragten Monka, ob sie zum Zirkus wolle. Monka, die jetzt puterrot war, schlug Flaumfeder noch einmal, obwohl ich ihr beinahe weinend zuschrie, sie solle das nicht tun. Da stieg Flaumfeder wieder, schwankte einen Augenblick und fiel mit voller Wucht rückwärts, genau über Monka. Ich brüllte vor Angst und Wut.

Als Flaumfeder dann sofort wieder auf die Beine kam und neben Monka stehenblieb, atmete ich zunächst auf. Aber dann wurde es mir eiskalt, denn Monka lag immer noch auf dem Boden. Ich sprang von Komet hinunter und schrie den Jungen zu, sie sollten ihn festhalten.

Mein erster Gedanke war: „Monka ist tot!“ Entsetzen packte mich. Da hörte ich, daß sie wimmerte. Sie lebte also!

Inzwischen waren Hasse und Krister näher gekommen und fragten, ob Monka tot sei. Ich brüllte ihnen zu, sie sollten sich um die Pferde kümmern; aber das wagten sie nicht. Da schleuderte ich ihnen häßliche Wörter ins Gesicht. Ich weiß noch genau, daß ich schrie: „Was steht ihr dann so dämlich herum, ihr Idioten! Warum holt ihr keine Hilfe? Ruft doch meine Mutter, ihr Dummköpfe!" Solche Schimpfworte gebrauche ich sonst nie.

Die Jungen verschwanden. Monka lag immer noch wimmernd auf der Erde, aber sie blutete nicht. Ich fragte sie, wo sie Schmerzen habe. Da antwortete sie nur: „Das weiß ich nicht", jammerte aber immer weiter. Es hörte sich grausig an.

Ich fragte, ob sie aufstehen könne, aber sie guckte mich nur an, wimmerte und weinte leise vor sich hin. Sie war kreidebleich.

Ich setzte mich in den Schnee und versuchte, meinen Pullover auszuziehen, um Monka damit zuzudecken, damit sie nicht fror. Die Pferde gingen langsam um uns herum, und die Jungen tauchten nicht wieder auf. Aber endlich kam Mama in Schürze und Pantoffeln durch den Schnee gelaufen. Sie beugte sich über Monka und fragte: „Kannst du die Beine bewegen?"

Monka hob vorsichtig erst das eine, dann das andere Bein.

„Tut dir der Rücken oder der Bauch oder die Brust weh?" erkundigte sich Mama besorgt.

Monka schüttelte den Kopf und jammerte.

„Vielleicht der Kopf?" forschte Mama.

Aber Monka schüttelte ihn wieder.

„Dann wollen wir mal versuchen, dich ein bißchen aufzusetzen", schlug Mama vor.

„Meine Schulter!" heulte Monka plötzlich.

Mama hob sie ganz vorsichtig aus dem Schnee, und Monka konnte sitzen, wenn wir sie festhielten. Aber ihr Gesicht war bläulich-weiß wie Magermilch, und sie zitterte.

Mama befahl den beiden Jungs, die ein Stück entfernt von uns standen, mitzuhelfen, Monka ins Haus zu tragen. Wir legten sie aufs Sofa und breiteten Decken um und über sie. Dann kochte ich Tee. Mama rief das Krankenhaus an und fragte, ob sie einen Unfallwagen herschicken könnten; aber es stand gerade keiner zur Verfügung. Mit unserem Auto war Papa wie gewöhnlich in die Stadt gefahren. Schließlich bestellte Mama unten im Dorf ein Taxi. Ich flößte Monka Tee mit viel Zucker ein, und während sie trank und ein paar Tropfen verschüttete, schluchzte sie leise.

Da sagte Krister plötzlich, eins der Pferde wälze sich draußen auf der Koppel herum.

„O Piglet, der Sattel!" rief Mama.

Ich rannte sofort hinaus und versuchte, die Pferde einzufangen. Natürlich war es Komet, der sich gewälzt hatte. Der Sattel hatte zwar gehalten, aber er war herumgerutscht und hing jetzt unter seinem Bauch. Jetzt kamen auch die Trantüten angelaufen und wollten mir helfen; Mama hatte sie mir nachgeschickt. Es war deutlich zu sehen, daß sie sich vor den Pferden fürchteten. Der eine hatte einen Skistock als Waffe mitgebracht. Ja, ja, diese Jungs!

Während wir noch die Pferde jagten und ich Todesängste ausstand, daß sie Zügel und Sattel ruinieren würden, kam das Taxi. Mama und der Fahrer trugen die immer noch bleiche und zitternde Monka aus dem Haus.

Endlich erwischten wir die Pferde. Komet hatte merkwürdigerweise nichts zerrissen, aber Flaumfeder hatte die Zügel an zwei Stellen entzweigetreten!

Danach war ich so erledigt, daß ich stumm auf einen Küchenstuhl sank. Auch die Trantüten setzten sich – das heißt, jetzt waren sie eigentlich keine Trantüten mehr, sondern nette und freundliche Jungen, die beinahe genauso erschüttert waren wie ich. Wir tranken Kaffee, denn Tee wollten sie nicht haben, und sie erzählten mir von schrecklichen Verkehrsunfällen, und ich erzählte ihnen von Reitunfällen. Wir redeten und redeten, und ein Unglück war schlimmer als das andere. Dann kochten wir noch mehr Kaffee, und ich kochte für mich Tee, denn vom Kaffeetrinken wurde es mir übel.

Schließlich rief Mama aus dem Krankenhaus an. Sie sagte, Monka müsse geröntgt werden; wahrscheinlich habe sie sich den Arm genau unter dem Schultergelenk gebrochen.

Wir waren so erleichtert, daß wir am liebsten einen Indianertanz aufgeführt hätten. Die Jungen benahmen sich prima. Sie wuschen ab, bevor sie gingen, und ich wischte alle nassen Fußspuren im Wohnzimmer auf.

Papa kam früh nach Hause, denn Mama hatte ihn angerufen und ihm alles erzählt. Er war giftig wie eine Hornisse und nahm mich ins Kreuzverhör über den ganzen Hergang des Unfalls. Er schimpfte mich aus und sagte, ich hätte wissen müssen, daß ich nicht jedem x-beliebigen mein Pferd leihen dürfte. Als ob Monka „jeder x-beliebige“ wäre! Ich weinte still vor mich hin, und Papa war *furchtbar*: Er schimpfte immer nur auf mir herum und sagte, ich hätte verantwortungslos gehandelt, und Flaumfeder sei lebensgefährlich. Dann ging er hinaus und prüfte die Sättel und Trensen. Dabei entdeckte er natürlich, daß Flaumfeder die Zügel zerrissen hatte. Da ging das Geschimpfe wieder los. Essen gab es auch nicht, und da Papa hungrig war, wurde er immer wütender. Er redete von Verantwortung und von kleinen Mädchen, die von nichts eine Ahnung hätten, aber glaubten, sie könnten alles.

Dann kam Mama aus dem Krankenhaus zurück und

sagte, sie hätten Monka zur Beobachtung dabehalten und würden sie vielleicht operieren müssen. Sie habe recht hohes Fieber. Um acht Uhr aßen wir endlich Abendbrot: Suppe – weiter nichts. Danach rief Mama Monkas Eltern an. Sie nahmen die Nachricht sehr ruhig auf. Aber wer weiß? Vielleicht schimpften und tobten sie genau wie Papa, nachdem sie den Telefonhörer aufgelegt hatten.

Papa war eben in meinem Zimmer. Er gab mir einen leichten Klaps und sagte, er sei froh, daß es mit Monkas Verletzungen einigermaßen glimpflich ausgegangen sei. Es hätte schlimmer sein können. Von jetzt an dürfe ich aber Flaumfeder nur reiten, wenn er oder Mama dabei seien.

Und Mama sagte: „Wenn Monka nun einen Schaden für ihr ganzes Leben davonträgt, ist es unsere Schuld!"

Da meinte Papa: „Wenn das Kind sich dumm aufführt, ist es zunächst einmal seine eigene Schuld. Allerdings seid ihr auch nicht ganz schuldlos an der Sache, denn ihr hättet es besser wissen müssen."

Er redete, als wäre Monka ein armes, kleines Kind. Er sollte nur wissen, wie sie sich vorher aufgespielt hat!

Aber vielleicht hat Monka auch recht, wenn sie sagt, *ich* sei eingebildet. Wenn sie nur wieder gesund wird, will ich in Zukunft nie und nimmer wieder ein böses Wort über jemanden sagen oder mich mit jemandem streiten.

Ich werde aber auch keinem Menschen mehr erlauben, Flaumfeder zu reiten und zu schlagen. Ich selbst habe ihr nie weh getan. Nicht nur Monka – auch Flaumfeder tut mir schrecklich leid. Ich war gerade bei ihr und habe mit ihr gesprochen. Ich muß allerdings zugeben, daß sie einen ganz ungerührten Eindruck macht.

Was war das nur für ein scheußlicher Tag! Heute nacht werde ich bestimmt kein Auge schließen können.

6. 3.

Heute haben Mama und ich Monka besucht. Die Stationsschwester war sehr nett. Monka lag mit mindestens zehn anderen Frauen und Mädchen zusammen in einem großen Zimmer. Sie hatte ein Krankenhausnachthemd an. Ihr verletzter Arm ist so dick wie ein *Oberschenkel!* Er war nicht mal mit einer Mullbinde umwickelt. Aber es ging ihr schon viel besser; sie war bloß ziemlich schwach. Schmerzen hat sie nur, wenn sie sich bewegt.

Sie war in guter Stimmung und meinte, es sei interessant, im Krankenhaus zu liegen. Sie wußte, an welchen Krankheiten die anderen Patientinnen litten und hatte auch schon mehrere Operationswunden gesehen. Eine Frau hatte sich das Bein gebrochen. Es war an einem Gestell aufgehängt. Das sah traurig aus.

Wir hatten Monka Weintrauben mitgebracht, aber sie aß nur ein paar davon. Sie hat wohl doch starke Schmerzen.

Da heute Samstag ist, war Papa den ganzen Tag zu Hause. Am Nachmittag erlaubte er mir gnädig, unter seiner hohen Leitung zu reiten. Flaumfeder benahm sich musterhaft. Papa und ich verstehen wirklich nicht, warum sie manchmal steigt. Der Schuster im Dorf hat uns die Zügel zusammengenäht.

Ob ich wirklich eingebildet bin? Natürlich finde ich oft andere Leute dumm und langweilig. Es kommt mir komisch vor, wenn ich daran denke, daß sie vielleicht dasselbe von mir glauben.

7. 3.

Heute war Mama allein im Krankenhaus. Jetzt ist Monkas halber Körper eingegipst. Sie braucht nicht operiert zu werden. Das ist gut. Wir dürfen sie morgen abholen. Schade, daß ich morgen wieder in die Schule gehe.

Flaumfeder nahm heute jedes Hindernis so leicht, als wäre es gar nichts, aber Papa nörgelt über meine Fußspitzen. Er behauptet, sie zeigten nach auswärts. Aber das ist nicht wahr.

8. 3.

Als ich heute im Schulbus saß, kamen die früheren Trantüten Hasse und Krister zu mir und erkundigten sich nach Monka. Dann setzten sie sich hinter mich. Sie waren sehr nett. In der ersten Pause, als Jonny mich „Gaul" nannte und spöttische Reden über mich führte, wie er es immer tut, schrie Hasse ihn plötzlich an: „Ach, hör doch endlich mit dem Quatsch auf!"

Da wurde Jonny ganz still!

Rosita fragte, ob Monka abgereist sei. Dann wollte sie jede Einzelheit über den Unfall wissen. Aber ich hatte keine Lust mehr zu erzählen.

Als ich nach Hause kam, lag Monka in meinem Zimmer in ihrem Bett! Fast ihr ganzer Oberkörper ist eingegipst; sie kann nicht einmal einen BH tragen. Mama hat ihr einen von ihren eigenen Pullis übergezogen, das sieht ulkig aus. Monka hat fast den ganzen Tag geschlafen. Sie ist sicher furchtbar müde. Wenn sie wach ist, laufe ich die ganze Zeit herum und bringe ihr alles mögliche, deshalb konnte ich heute nur ein paar Minuten reiten.

9. 3.

Monka hat wirklich komische Eltern! Wir dachten immer, sie würden mit dem Wagen kommen und ihre Tochter abholen. Aber heute rief die Mutter an und sagte, sie und ihr Mann hätten Urlaub und wollten nach den Kanarischen Inseln fliegen. Diese Reise sei schon seit langem gebucht. Nun wolle aber ihre Hausgehilfin Monka mit dem gebrochenen Arm nicht auch noch betreuen; sie habe schon genug damit zu tun, auf Monkas kleine Geschwister aufzupassen. Wenn wir Monka nicht hier behielten, könnten sie also nicht in Urlaub fahren!

An Monkas Stelle hätte ich mich für meine Eltern totgeschämt. Aber sie sagte nur, sie könnte schließlich genausogut hierbleiben wie irgendwo anders, denn bevor sie wieder richtige Kleider anziehen könne, wolle sie sowieso nicht in die Schule gehen. Und Mama, die nie nach den Kanarischen Inseln oder überhaupt irgendwohin reist, sagte, natürlich dürfe Monka hierbleiben. Schließlich sei es ja unsere Schuld, daß sie sich den Arm gebrochen habe. Das fand Monkas Mutter wahrscheinlich auch; jedenfalls war sie mit dieser Regelung sehr zufrieden.

Aber ich finde gewisse Eltern wahrhaftig geradezu *verantwortungslos!* Sie ergeben sich dem SÜSSEN LEBEN, während ihre bedauernswerten Kinder mit gebrochenen Armen daniederliegen.

Die arme Monka! Wie lange sie wohl hierbleiben wird? Es ist gar nicht einfach mit ihr, denn sie kann nichts anderes tun, als ein bißchen umhergehen und natürlich lesen. Abends sieht sie meistens fern. Der Lärm stört Papa furchtbar, aber er bemüht sich, seinen Ärger nicht zu zeigen. Morgen muß er Mama und Monka ins Krankenhaus fahren, denn Monka soll wieder geröntgt werden.

10. 3.

Die Schule ist jetzt viel besser, zumindest die Pausen sind angenehmer als zuerst. Eva und ich gehen fast immer zusammen; wir haben uns so viel zu erzählen. Rosita macht ein beleidigtes Gesicht. Ich kann sie verstehen, denn es ist schrecklich, wenn man sich verlassen vorkommt. Deshalb nehmen wir Rosita manchmal mit, aber dann macht es *uns* nicht mehr so viel Spaß. Jungen haben es viel besser, finde ich. Die knuffen und puffen sich und lärmen herum, aber ich glaube nicht, daß sie unter den Püffen leiden.

Eins ist gut: Jonny ist in den Pausen fast immer verschwunden. Er und Kent rauchen zusammen im Jungenwaschraum. Conny macht jetzt nicht mehr dabei mit. Er scheint allmählich ans Schwimmen zu denken und will sich wohl in Kondition bringen, denn er springt und hüpft pausenlos auf dem Hof herum und nimmt den Kleinen den Ball weg.

Anscheinend ist Andersson, der Mathelehrer, zu einer Militärübung eingezogen worden. An seiner Stelle haben wir jetzt eine junge Lehrerin. Sie ist *ganz klasse.* Sie erklärt alles so, daß man es begreift. Und wenn man es trotzdem noch nicht versteht, kann man fragen. Es ist beinahe wie in der alten Schule, denn alle Schüler verhalten sich ruhig und geben sich zumindest Mühe. Die neue Lehrerin bleibt ein halbes Schuljahr bei uns. Das ist gut.

Heute rief Elisabet an und fragte, ob wir Magdalena eine Weile aufnehmen könnten. Ihre Hausgehilfin hat *Blinddarmentzündung mit Komplikationen,* und Elisabet macht ihr Probejahr in der Schule und muß schrecklich viel arbeiten, denn dauernd hören irgendwelche Leute bei ihren Unterrichtsstunden zu, um zu prüfen, ob sie sich zur Lehrerin eignet oder nicht. Ich verstehe nicht, daß Elisabet, die so nett ist, diesen Beruf ergreifen will. Ich fände es grausam, Lehrerin zu sein und mich mit solchen Burschen wie Jonny herumschlagen zu müssen.

Na ja, jedenfalls bekommen wir nun eine Vierjährige ins Haus, nachdem wir schon eine Vierzehnjährige mit gebrochenem Arm haben.

Mama war natürlich selig. Sie meint nur, jetzt sei es völlig ausgeschlossen, daß sie mit ihren Illustrationen zur rechten Zeit fertig werde. Sie sagt, bei diesem Leben voller Pferde und gebrochener Arme und Kinder, die ihre Mahlzeiten haben müßten, habe sie seit einer Ewigkeit keinen Strich mehr zeichnen können. Ich begreife ja nicht, weshalb sie sich eigentlich beklagt. Diese paar Zeichnungen müßte sie doch leicht zurechtpinseln können; schließlich hat sie keine Schule, die ihr die Zeit stiehlt. Wir Schulkinder dagegen sind von morgens bis abends gebunden. Und meistens ist es weggeworfene Zeit.

Monkas gebrochener Arm liegt richtig, sagen die im Krankenhaus. Aber den Gipsverband um den Arm und die Schulter und die halbe Brust soll sie noch drei Wochen anbehalten! Unter dem Gips juckt es ihr, und Mama muß ihr beim Baden und Haarewaschen helfen. Das findet Monka ziemlich peinlich. Ich kann mir das gut vorstellen. Ich würde auch *vergehen,* wenn Monkas Mutter mich baden wollte!

Wenn ich morgens um halb sieben aufstehe, bleibt Monka natürlich noch im Bett liegen. Mit all dem Gips kann sie schließlich nicht den Stall ausmisten. Aber es ist noch die Frage, ob sie sich tatsächlich so aufreizend zu aalen braucht, wenn ich arbeiten muß. Papa hilft mir meistens, und so schaffe ich es gut. Ich muß allerdings sagen, daß er von Tag zu Tag später kommt. Die ältere Generation hat eben keine richtige Ausdauer. Aber reiten will er natürlich, am liebsten jeden Tag.

Am Frühstückstisch ist Monka halbtot vor Müdigkeit, und sobald sie gegessen hat, schleppt sie sich wieder ins Bett. Mama sagt, es sei ganz natürlich, daß sich Monka nach diesem schweren Armbruch so matt fühle. Aber ich weiß nicht so recht . . .

Wenn ich nach Hause komme, verlangt Monka, daß ich bei ihr bleibe; aber ich möchte doch zu Flaumfeder 'raus. Darüber ist sie beleidigt und meint, wenn ich so weitermachte, würde ich noch selber ein Pferd. Na ja, ich finde, es gibt Schlimmeres, als ein Pferd zu werden!

Ich habe jetzt angefangen, Flaumfeder auf die L-Dressur vorzubereiten. Sie kann noch nicht richtig zum Halten durchparieren, und sie will sich überhaupt nicht rückwärts richten. Aber die Wendungen kann sie, und sie tritt so fein über, daß sogar Papa zufrieden ist.

Wenn wir dann ins Haus kommen, essen wir. Danach muß ich Schularbeiten machen, und manchmal gibt es etwas Interessantes im Fernsehen.

Um neun Uhr werde ich müde und möchte das Licht ausmachen. Aber gerade dann ist Monka putzmunter und will sich mit mir unterhalten. Sie hat an ihren Freund Gunnar geschrieben, weiß aber nicht, ob sie den Brief abschicken soll. Denn erstens sieht er – den Brief meine ich – komisch aus, weil sie ja jetzt nur mit der linken Hand schreiben kann, und zweitens weiß sie nicht, ob Gunnar Wert darauf legt, einen Brief von ihr zu bekommen. Er hat sie siebenmal geküßt: dreimal nach einem Schulball, aufs Kinn und auf den Mund, und viermal an einem Abend, an dem sie ausgingen und warme Würstchen aßen.

Über so was redet Monka den ganzen Abend, wenn ich todmüde bin und schlafen möchte.

Das Tagebuch verstecke ich jeden Morgen unter einem Bündel Heu im Stall, denn ich traue Monka nicht mehr. Sie ist ja fast den ganzen Tag allein; während dieser langen Zeit könnte sie leicht mit der linken Hand das Schloß am Tagebuch aufmachen.

Mama ist jetzt wieder zu einfacherem Essen übergegangen, denn sie findet es auf die Dauer zu kostspielig, den wegen Monka „eingeführten Standard" aufrechtzuerhalten, wie sie sagt. Mit anderen Worten: Wir essen jetzt wieder dauernd Fisch und Suppe und Pfannkuchen.

Gestern kamen Elisabet und Magdalena und natürlich auch Göran. Prima! Elisabet ist meine Lieblingsschwester, obwohl sie so alt ist. Sie ist nicht wie Maria, die mich immer duckt und mir zeigen will, wie verwöhnt ich bin, und mir die Augen für die Not in der Welt öffnen will. Mit Elisabet kann man über alles reden, und sie versteht genau, was man meint. Wenn sie fragt: „Wie geht es mit Mama?" und ich antworte: „Wie gewöhnlich", da weiß sie sofort, was ich damit sagen will, nämlich, daß Mama manchmal nörgelt, aber meistens nett ist – eben genau wie immer.

Und wenn sie sich erkundigt, wie es mit Papa geht, und ich sage: „Ein bißchen schlechter", versteht sie, daß er seine verheerende Laune hat, uns ausschimpft, seine Ruhe haben will und findet, daß ich gerader sitzen und gehen, mich kämmen und Mama beim Abwaschen helfen soll. Denn so ist er in der letzten Zeit. Ich glaube, das ist Monkas Schuld, denn es stört ihn, daß sie fernsieht und sich so viel Unsinn im Radio anhört. Er hat ihr schon seine Meinung gesagt, aber Monka ist es sozusagen nicht gewöhnt, Erwachsenen zu gehorchen. Sie kann sich ihnen gegenüber zwar enorm gesittet benehmen, aber das ist etwas ganz anderes. Monka ist wohl einfach nicht dazu erzogen worden, auf ihren Vater Rücksicht zu nehmen, denn er ist ein dickerer und fröhlicherer Typ als Papa; außerdem ist er selten daheim, während Papa sich oft Akten mit nach Hause bringt und abends noch arbeitet.

Aber wenn Papa gute Laune hat, ist er besser als alle anderen Väter, denn dann denkt er sich so viele tolle Sachen aus.

Monka tut Elisabet leid, weil sie jetzt so ein langweiliges Leben führen muß. Und Elisabet findet Flaumfeder reizender als alle Pferde, die sie je gesehen hat. Wir setzten Magdalena auf Flaumfeder und führten sie auf dem Hof herum. Magdalena war ganz stolz, und Flaumfeder wandte ab und zu den Kopf nach ihr um und guckte sie an. Magdalena sah niedlich aus. Sie saß so kerzengerade und stolz, als wollte sie sagen: „Seht ihr, wie fein ich den Kopf halte?"

Als Göran und Elisabet heute abend abfuhren, versprach ich Magdalena, ihr das Reiten beizubringen. Das tröstete sie, und sie wurde wieder froh. Magdalena hat kurze blonde Zöpfe, rote Backen und kornblumenblaue Augen. Es ist so lustig, mit ihr spazierenzugehen, denn sie hält einen die ganze Zeit an der Hand und erzählt.

Monka mag sie auch gern und sagt, sie will ihr Märchen vorlesen. Das wird gut.

17. 3.

Gestern waren wir mit einigen Klassen auf Studienreise in der Stadt, um eine Ausstellung über die Arbeit der Polizei zu besuchen. Wir haben auch einen sehr tüchtigen Polizeihund gesehen. Manchmal finde ich es dumm, daß Pingpong ein Pudel ist und nicht viel mehr kann, als bei Fuß zu gehen und sich auf Befehl zu setzen und zu legen. Es wäre toll, wenn wir einen gut dressierten Schäferhund hätten, der Strolchen, wie Jonny, Angst einjagte.

Pingpong bellt nur, saust umher, ist fröhlich und kann niemanden erschrecken, nicht einmal, wenn er knurrt und wirklich böse ist.

Nach der Ausstellung war noch eine halbe Stunde Zeit, bis unsere Busse abfahren sollten. Wir erhielten gnädig die Erlaubnis, allein einen Stadtbummel zu machen. Rosita und ich gingen in ein Warenhaus und aßen eine Tafel Schokolade, und Rosita redete über Kleider, die sie haben wollte. Ich dachte die meiste Zeit daran, wie herrlich es ist, auf dem Lande zu leben und daß ich *nie* wieder in eine Stadt ziehen will.

Als wir beim Einsteigen in den Bus gezählt wurden, stellte sich heraus, daß drei Jungen aus einer Parallelklasse fehlten. Und ein paar von unseren eigenen Jungen waren auffallend munter, besonders Jonny und Conny. Und aus der anderen achten Jonas und Sven. Wühlmaus und Klein Doofy, die beiden Lehrer, die mit waren, warfen sich einen bedeutungsvollen Blick zu, aber ich begriff nicht, *was* dieser Blick bedeutete. Als wir eine Weile gefahren waren, roch es im ganzen Bus nach Bier. Jonny starrte mich die ganze Zeit mit schwimmenden Augen an und sagte: „Weißt du, was du bist, Piglet? Eine verflixte eingebildete Pute“, und ähnliches dummes Zeug.

Zwischendurch sang er: „Im Frühtau zu Berge wir ziehn, vallera.“ Ich hätte nie gedacht, daß er ein so harmloses Lied kennt!

Schließlich trennte Wühlmaus ihn von Conny, aber dadurch wurde es nicht besser, denn nun riefen sie durch den Bus einander zu, sangen und lachten laut.

Als wir wieder an unserer Schule anlangten, mußte Wühlmaus ein Taxi rufen, Jonny, Conny, Jonas und Sven hineinstopfen und selber mitfahren, um dafür zu sorgen, daß die fröhliche Gesellschaft ohne Unannehmlichkeiten nach Hause kam, denn in der Schule konnten sie sich nicht aufhalten.

In den letzten zwei Stunden hatten wir Werkunterricht. Das war gut. Ich schnitzte mein kleines Pferd fertig und rieb es mit Sandpapier so fein ab, daß es ganz glatt und wunderbar in der Hand liegt. Ohne Jonny war es beim Werken so ruhig und gemütlich, daß ich sagte, ich wünschte, beim Schulfrühstück könnte immer Bier ausgeschenkt werden, dann brauchten wir Jonny beim Nachmittagsunterricht nicht zu ertragen. Der Werklehrer meinte, das sei in jeder Hinsicht eine ausgezeichnete Idee, und ich solle doch bei der nächsten Schülerversammlung einen entsprechenden Antrag stellen.

Der Werklehrer ist prima. Man kann mit ihm reden und ein bißchen Spaß machen.

Als ich nach Hause kam, schenkte ich Mama das Holzpferdchen, denn heute ist ihr Geburtstag. Sie freute sich sehr und stellte es gleich auf den Schreibsekretär.

Wir hatten Mama natürlich schon am Morgen gefeiert, indem wir ihr Kaffee und Zuckerkuchen, den ich selbst gebacken hatte, ans Bett brachten; aber da hatte ich ihr nur einen Gutschein für das Pferdchen gegeben. Eigentlich ist

Mama zu bedauern, wenn sie Geburtstag hat, denn sie ist die einzige, die nie eine schöne Torte bekommt. Sie ist ja diejenige, die sonst immer die Torten garniert. Niemand kann so feine Garnierungen machen wie Mama. Dabei kommt ihr künstlerisches Talent so richtig zur Geltung – besser als bei ihren Illustrationen und solchen Dingen. Das finde *ich* jedenfalls. Sie bäckt auch putzige Pfefferkuchenmännchen, auf die sie mit Zuckerglasur sämtliche Rippen und das Rückgrat und jedes einzelne Knöchelchen spritzt. Und sie bastelt himmlische Kasperpuppen. Wir haben zum Beispiel eine Königin mit Doppelkinn und Krone auf dem Kopf, die wie Königin Victoria von England aussieht, sagt Papa. Alle Kinder werden geradezu grün vor Neid, wenn ich unsere Kasperpuppen hervorhole. Ich habe nur Angst, daß Magdalena sie kaputtmacht, denn sie versteht nicht, daß es *Kunstwerke* sind, sondern glaubt, es seien Spielsachen.

Monka hatte Papa Geld gegeben, damit er in ihrem Namen einen Blumenstrauß für Mama kaufen sollte. Ein Glück, daß sie immer Geld hat! Außerdem hatte sie ihn gebeten, für mich einen blauen Lenkradüberzug zu besorgen. Das hört sich komisch an, aber es ist eine tolle Sache. Ich brauche ihn nur aufzutrennen und an Flaumfeders Halfter um den Nasenriemen herum festzunähen, dann habe ich einen schönen weichen Pelzschmuck für mein Pferd. Monka hat manchmal wirklich gute Einfälle.

Aber Maria kommt wahrhaftig auf wunderliche Ideen! Anstelle eines Geburtstagsgeschenkes hat sie Mama eine Quittung geschickt, auf der steht, daß sie fünfundzwanzig Kronen für das Hilfswerk „Rettet die Kinder“ gespendet hat. Mama sagt, das sei großartig, aber *ich* stelle mir unter einem gelungenen Geburtstagsgeschenk wirklich etwas anderes vor. Zum Glück haben Elisabet und Lasse richtige Geburtstagspakete geschickt.

Als ich heute mit Flaumfeder ausritt, kamen wir sehr gut in Galopp und wollten ein Hindernis nehmen, das ich über einer tiefen Sandgrube aufgebaut hatte. Aber Flaumfeder, diese dumme Trine, sprang irgendwie komisch in die Grube, und ich purzelte herunter!

Flaumfeder blieb ganz brav stehen und wartete, bis ich wieder aufgesessen war. Beim zweiten Mal nahm ich einen besseren Anlauf, aber Flaumfeder glaubte sicher, sie *solle* in die Grube springen, deshalb tat sie es wieder. Ich landete auf der anderen Seite, weil ich auf einen großen Sprung vorbereitet gewesen war. Wie albern! Beim dritten Mal klappte es endlich, und Flaumfeder bekam ein Lob.

Als ich Monka erzählte, daß ich zweimal beim selben Hindernis vom Pferd gefallen war, wurde sie so aufgekratzt, daß wir uns freiwillig entschlossen, nach dem Essen abzuwaschen, um Mama eine Freude zu machen.

Es gab ein leckeres Abendessen: Schweinefilet mit geschmorten Champignons und als Nachtisch Baisertorte. Das ist das beste, was ich kenne. Weil Geburtstag war, tranken Papa und Mama Wein. Zum Fleisch bekamen auch Monka und ich jede ein Glas Wein, denn Papa meinte, es sei barbarisch, zu einer so guten Mahlzeit Limonade zu trinken. Der Wein schmeckte sauer, aber irgendwie war es festlich und schick.

Als ich von Jonny und dem Bier zum Frühstück erzählte, machte Papa ein Gesicht, als wolle er uns auf der Stelle unsere Gläser wieder wegnehmen. Aber ich versicherte ihm, daß er sich um uns nicht zu sorgen brauche. Außerdem heißt es in einem schwedischen Lied: „Der Wein erzeugt edle Gefühle"!

Das mit den edlen Gefühlen stimmt übrigens: Monka und ich vertrugen uns heute abend prächtig. Nachdem wir in der letzten Zeit eigentlich nicht viel Freude aneinander gehabt hatten, sprachen wir uns richtig aus und wurden wieder gute Freundinnen.

Monka sagte, sie habe es herzlos gefunden, daß ich mich immer nur mit Flaumfeder beschäftigte, während sie sozusagen in ihrem Blut erschlagen gelegen habe. Und ich erzählte ihr, daß ich auf sie böse gewesen war, weil sie sich nicht die Bohne für Flaumfeder interessieren wollte, und sagte, ich hätte darüber nachgedacht, daß sie mich „eingebildet“ genannt hatte. Vielleicht stimme das ja, denn auch der beschwipste Jonny habe heute auf der Heimfahrt im Bus gelallt, ich sei eine eingebildete Pute.

Aber jetzt meinte Monka, ich sei eigentlich gar nicht eingebildet. „Du kümmerst dich nur nicht darum, was die Leute von dir denken, und wer das nicht versteht, kann es als Hochnäsigkeit auffassen“, sagte sie.

Ich kann jetzt auch verstehen, daß es nicht besonders lustig ist, wenn man sich für das Pferd eines anderen Menschen begeistern soll, besonders wenn dieses Pferd einem den Arm gebrochen hat. Und ich erklärte Monka, daß man es nicht gerade herrlich findet, dauernd Geschichten über anderer Leute Freunde anzuhören, wenn man selber sich nicht so sehr für Jungen interessiert.

Monka meinte, auf diesem Gebiet sei ich noch ein bißchen kindlich; aber das glaube ich nicht. Schließlich bin ich dreizehn Jahre alt. Ich verstehe sehr gut, worauf das alles hinausläuft; ich habe nur einfach keine Lust, dabei mitzumachen. Jedenfalls jetzt noch nicht.

Monka glaubt, das kommt daher, weil ich so alte Eltern habe und das Nesthäkchen bin. Sie als älteste Tochter ihrer

Familie sei natürlich viel reifer, denn sie müsse auf eigene Faust ihre Erfahrungen machen, während ich von einer Reihe älterer Geschwister abgeschirmt würde, die mich für eine Fünfjährige hielten.

Dann fiel ich beinahe in Ohnmacht, denn sie sagte, Papa sei zwar ziemlich bissig, aber sonst fände sie ihn ganz große Klasse. Hat man da noch Worte! Ich machte ihr auch ein Kompliment und sagte, ihre Mutter sei viel jünger und hübscher als meine (obwohl ich gar nicht finde, daß sie hübscher ist). Darüber freute sich Monka. Sie meinte allerdings, ihre Mutter mache morgens, bevor sie ihr Make-up aufgelegt habe, einen ganz schön verwelkten Eindruck. Aber als Bankkassiererin müsse sie schließlich gut aussehen. Bei einer Mutter, die immer zu Hause sitzt und ab und zu ein paar Buchillustrationen macht, kommt es natürlich nicht so sehr auf äußere Schönheit an. Im übrigen finden sowohl Monka als ich, daß es gar nicht so wichtig ist, wie Mütter aussehen: die Hauptsache, sie sind nett, kümmern sich um ihre eigenen Sachen und mischen sich nicht dauernd in unsere Schulangelegenheiten. Sie sollen nicht versuchen, die Kameraden ihrer Kinder zu sein, denn das können sie doch nicht. Und dann sollen sie Verständnis dafür haben, daß man manchmal in Frieden gelassen werden will. Monka hat in einer Zeitung von einer Mutter gelesen, die glücklich darüber war, daß sie das Vertrauen ihrer Töchter hatte und mit ihnen über Liebe und Ehe sprechen konnte. Monka und ich sind uns darin einig, daß es furchtbar wäre, wenn wir Mütter hätten, die mit uns immerzu über so etwas reden wollten. Wir sind beide nicht besonders wild auf Fernsehsendungen über Sexualaufklärung der Jugend und darüber, was das für ein großes Problem ist. In der Schule gibt es allerdings gewisse Typen, die den Eindruck machen, als dächten sie nie an etwas anderes. Vielleicht ist es also tatsächlich ein Problem.

Ich bin erkältet und gehe heute nicht in die Schule, deshalb habe ich Zeit gehabt, das alles zu schreiben. Monka liegt auf ihrem Bett, liest „Vom Winde verweht“ und stöhnt vor Wohlbehagen. Mama hat mich gezwungen, „Pu, der Bär“ auf englisch zu lesen. Ich komme gut damit zurecht, denn auf schwedisch kann ich ja das Buch beinahe auswendig, und außerdem lese ich jetzt der kleinen Magdalena den schwedischen Pu gerade als Gutenachtgeschichte vor, wenn sie auch vieles davon nicht begreift. Merkwürdig: Monka kann mit Pu überhaupt nichts anfangen! Na ja, vielleicht kann man ihn nur dann richtig schätzen, wenn man mit ihm aufgewachsen ist wie ich.

Magdalena will immer ganz dicht bei mir sitzen, wenn ich ihr vorlese. Sicher bekommt sie auch bald den Schnupfen.

Ich glaube, ich bleibe morgen noch zu Hause. Es ist so wunderbar, wenn man nichts zu tun braucht. Monka, die immer mit Geld versorgt ist, hat sich vom Kaufladen – zusammen mit den Sachen, die Mama bestellt hatte – zwei Tafeln Schokolade kommen lassen, und nun kauen und genießen wir.

Flaumfeder fährt sicher ganz gut dabei, daß sie sich ein paar Tage ausruhen darf. Papa sagt, er habe sie heute morgen gestriegelt; aber das war sicher nicht so gewaltig.

20. 3.

Jetzt ist Magdalena auch erkältet. Sie ist sehr quengelig. Es ist geradezu unglaublich, daß ein einziges vierjähriges Kind eine ganze Versammlung großer Leute müde machen kann. Aber das bringt sie wirklich fertig. Sie schreit einfach los und heult, und dann läuft ihre Nase. Zuerst tat sie mir leid, und ich gab mir Mühe, nett zu ihr zu sein. Ich zeichnete für sie, las ihr vor, zog Puppen an und aus. Aber schließlich konnte ich nicht mehr und schrie sie an. Als Monka versuchte, sie zu trösten, schlug sie nach ihr! Mama legte sie ins Bett, da fing sie an zu brüllen.

Jetzt schläft sie gerade. Nun tut sie mir wieder leid, denn ihr Gesicht ist ganz rot und verschwollen, und sie atmet schnell und laut. Monka sagt, zum Glück brauche ein Arzt niemals erkältete Leute zu heilen, denn dazu hätte sie wirklich keine Lust. Sie will nur Menschen behandeln, die wirklich ernstlich krank sind.

Heute ist so schönes Wetter, daß Monka, die übrigens jetzt auch erkältet ist, und ich uns dick eingemummelt an die Südwand vors Haus gesetzt und uns gesonnt haben. Monka hat fünf Sommersprossen bekommen, ich mindestens zwanzig!

Monkas Hausgehilfin hat ihr sämtliche Schulbücher geschickt, und nun muß also auch sie lernen. Sie sagt, ihre Bücher seien viel schwerer als meine; aber das darf man wohl bezweifeln. Im übrigen finde ich Bücher sowieso nicht schwer. Heute hat Monka eine Karte von ihrer Mutter bekommen. Darauf stand: „Wir baden und haben es hier wunderbar. Jeden Tag scheint die Sonne. Hoffentlich erholst du dich gut."

So eine Mutter!!! Sie hat Glück, daß Monka so nett ist und sie gern hat. Mir gefällt sie nicht.

28. 3.

Auf dem Weg vom Schulbus nach Hause habe ich heute am Graben den ersten Huflattich gefunden. Er ist so hübsch und duftet so gut. Sobald es mehr davon gibt, werde ich zwei Sträußchen binden und sie in Flaumfeders Stirnriemen stecken. Das sieht sicher reizend aus.

Gestern war Monka noch einmal im Krankenhaus, um sich den Gips abnehmen zu lassen. Als sie nach Hause kam und wieder ihre eigenen Kleider anziehen konnte, war sie überglücklich. Den Arm muß sie allerdings weiterhin in einer Binde tragen. Heute abend ist sie abgereist. Während Papa den Wagen aus der Garage holte, um sie zum Bahnhof zu fahren, gingen Monka und ich noch einmal zusammen in den Stall. Monka streichelte Flaumfeder und sagte: „Ich verzeihe dir." Das fand ich gut.

Es ist furchtbar leer im Haus ohne Monka – aber irgendwie auch schön, denn nun kann ich wieder tun, was *ich* will.

Ich freue mich schon darauf, zu reiten, ohne daß Monka auf dem rot-weißen Hindernis sitzt und an allem etwas zu tadeln hat, denn sie begreift anscheinend immer noch nicht, daß man mit einem neu zugerittenen Pferd behutsam vorgehen muß. Neulich lasen wir in der Zeitung, daß im Frühjahr auf der Trabrennbahn in der Stadt vielleicht ein Pony-Galopprennen stattfindet. Da nahmen wir uns vor, Flaumfeder daran teilnehmen zu lassen, denn sie ist ja flink wie ein Wiesel. Monka meinte, wir müßten den Start mit ihr üben, damit sie dann schnell in Gang kommt. Ich trainierte sie also darauf, vom Stand aus zu galoppieren, und nach unserer Meinung ging es auch tadellos. Aber da kam Papa. Du lieber Himmel, wie böse er wurde! Er behauptete, wir hätten an einem einzigen Nachmittag die monatelange

Dressurarbeit verdorben. Monka mit ihrem Gipsverband konnte er natürlich nicht ausschimpfen, aber mich! Er hat ja recht, aber ich würde sie trotzdem gern gleich im Galopp starten lassen. Zunächst soll sie aber im Mai im Reitstall bei den Klubturnieren die Dressur mitmachen. Bis dahin sind es noch zwei Monate. Wenn Lithander in seinem Buch behauptet, daß er einem Pferd innerhalb von vier Monaten die Grundlagen der Dressur beibringen kann, werde ich es wohl in fünf Monaten schaffen.

Mama und Papa habe ich von den Turnieren noch nichts erzählt, aber heute in der Religionsstunde habe ich mir ein Trainingsprogramm für Flaumfeder aufgeschrieben:

Von Montag bis Freitag täglich eine halbe, samstags und sonntags eine Stunde Dressur.

Nach der Dressur jeden Tag ein bißchen Galopp und einen kleinen Ritt in den Wald.

Sonntags einen langen Spazierritt.

Jeden Tag als erstes viele Wendungen und Schenkelweichen.

Es war schon beinahe unhöflich, wie Monka sich freute, als sie ihre Koffer packte! Sie fürchtete allerdings, daß sie in der Schule viel versäumt hat. Als ihre Mutter anrief und ihr erzählte, sie habe eine Menge Pullis, Schuhe und so für sie gekauft, redete Monka nur noch von diesen Geschenken und konnte es vor Neugier kaum erwarten, nach Hause zu kommen. Wir sind wohl doch ziemlich verschieden.

3. 4.

Heute war es in der Schule schön. In der Schwedischstunde hatten wir Diskussion. Wir sollten über die Konfirmation diskutieren. Das ist jetzt aktuell, denn jeden Tag hat irgend jemand frei, um Konfirmationskleider zu kaufen. Ein Einführungsredner sollte für, ein anderer gegen die Konfirmation sprechen. Ich entschloß mich sofort, dagegen zu reden, und Rosita wurde aufgefordert, dafür zu sein, denn sie wird Ostern konfirmiert. Wir durften in die Bücherei gehen und unsere Reden vorbereiten.

Wir setzten uns also erst einmal in die Bibliothek und unterhielten uns. Rosita bekommt sogar neue weiße Unterkleider für die Konfirmation, ein Spitzentaschentuch und alles mögliche. Trotzdem fiel ihr nicht ein einziges Wort zugunsten der ganzen Sache ein, deshalb mußte ich ihr helfen und ihr allerhand über christliche Traditionen eintrichtern. Dann gingen wir wieder ins Klassenzimmer zurück und legten los. Rosita war krebsrot im Gesicht und stammelte unzusammenhängendes Zeug über die christliche Familie und deren Pflichten gegen die Kirche. Ich hatte ihr ein paar wirklich gute Sätze beigebracht, aber sie wurde so verwirrt, daß sie alles durcheinandermengte und niemand begriff, was sie sagen wollte.

Dann kam ich an die Reihe, und ich verbreitete mich darüber, wie albern ich es fände, wenn man sich nur deshalb konfirmieren läßt, weil alle anderen es tun, und um Geschenke, Blumen und neue Kleider zu bekommen, und ich sagte, ich glaubte auch nicht, daß der liebe Gott das besonders schätze.

Die ganze Klasse sperrte Mund und Nase auf. Wühlmaus, der ganz hinten im Raum saß, nickte mir aufmunternd zu. Ich heizte die Sache an, so gut ich konnte, und es machte mir großen Spaß. Aber meine Klassenkameraden sahen ganz erschrocken aus und kicherten ab und zu ein bißchen verlegen, besonders als ich erzählte, wie wichtig es für die Mädchen ist, zur Feier des Tages weiße Unterkleider anzuziehen. Ich fragte, ob die Jungen denn auch weiße Unterhosen haben müßten, um sich richtig konfirmiert zu fühlen.

„Das war ja geradezu eine Hinrichtung des ganzen Konfirmationssystems“, meinte Wühlmaus. „Darf man fragen, ob du selber die Absicht hast, dich konfirmieren zu lassen?“

„Nein“, erwiderte ich. „Ich würde mich nur konfirmieren lassen, wenn ich das Gefühl hätte, es um meines Seelenfriedens willen tun zu müssen. Aber niemals, um ein goldenes Armband und einen Blumenstrauß zu bekommen.“

Da wurde es ganz still im Raum. Dann räusperte sich Wühlmaus und gab das Wort frei. Aber niemand meldete sich. So ist es übrigens meistens in unserer Klasse, wenn diskutiert werden soll. Darauf fragte Wühlmaus, wie viele schon konfirmiert seien. Es waren fünfzehn! Der Rest sollte im Frühjahr konfirmiert werden, und Jonny hatte schon vor zwei Jahren Konfirmation gehabt. Ausgerechnet er!

Wühlmaus fragte sie, warum sie zum Konfirmandenunterricht gingen, aber sie wanden sich nur verlegen in ihren Bänken und starrten vor sich hin. Pelle flüsterte: „Meine Mutter will es.“ Alle kicherten, aber gleich danach stellte es sich heraus, daß es in sämtlichen Fällen die Mütter waren, die „es wollten“. Die Väter nahmen die Sache nicht so wichtig; ihnen ging es hauptsächlich darum, daß die Kleider und das Festmahl nicht zuviel Geld kosteten.

Inga-Lisa, die sonst nie etwas sagt, aber in den schriftlichen Arbeiten immer alles richtig hat, wurde abwechselnd weiß und rot. Schließlich meldete sie sich. „Es ist eine schöne Sitte“, piepste sie. Und dann kniff sie den Mund zusammen und machte ein Gesicht, als wolle sie gleich anfangen zu weinen. Sie sah aus wie eine christliche Märtyrerin.

Da warf Laila plötzlich den Kopf in den Nacken, so daß ihre langen Haare über die eine Schulter fielen. Das kann sie fabelhaft. Dann klapperte sie ein bißchen mit ihren grün schimmernden Augenlidern und sagte: „Wenn ich richtig traurig bin und glaube, daß mich niemand leiden mag, denke ich immer: ‚Jedenfalls bin ich getauft und gehöre zur Kirche.‘ Und wenn ich jetzt konfirmiert werde, muß doch das Gefühl, zu irgend etwas zu *gehören*, noch stärker werden. Und dann stört es mich nicht mehr so sehr, wenn die Leute blöd zu mir sind.“ Nach diesen Worten warf sie die Haare wieder nach hinten, strich mit der Hand darüber und schlug die Augen nieder.

Wir waren alle erstaunt und ein bißchen verlegen, denn wer hätte je gedacht, daß Laila mit all ihren Haaren und ihrem Make-up darüber froh wäre, daß sie getauft ist!

Man lernt wohl nie, die Menschen zu verstehen. Aber in diesem Augenblick hatte ich Laila richtig gern.

Janne mit den langen Haaren machte ein ganz betretenes Gesicht, knuffte Laila in die Seite und sagte: „Ha, ausgerechnet du? Und dabei tanzt du doch so fabelhaft, rauchst und tust sonst noch so allerlei.“

Da schnaubte Laila: „Was hat denn *das* damit zu tun?“

Darauf meinte die rundliche, selbstsichere Britt: „Ich finde, ein Christ sollte gar nicht tanzen und rauchen.“

Da sprang ich Laila bei und sagte, das hätte nun wirklich nichts mit der Sache zu tun.

Jetzt kam mächtig Leben in die Klasse. Alle redeten durcheinander. Das war prima! Zum ersten Mal benahmen sich alle wirklich wie eine Klasse und nicht nur wie eine Ansammlung müder Typen, die zufällig zusammen in einen Raum eingesperrt worden sind. Nur Jonny saß gleichgültig da und zeigte, wie wenig er an der ganzen Angelegenheit interessiert war, indem er gähnte, sich reckte, auf die Uhr guckte und ab und zu gelangweilt lachte.

Nach der Stunde holte mich Wühlmaus auf dem Flur ein und sagte: „Weißt du, Piglet, diese Klasse ist tatsächlich netter geworden, seit du hier bist. Du hast sie in Schwung gebracht.“

Ich finde gar nicht mehr, daß er besonders vorstehende Zähne hat. Und er liest jetzt während der Stunden auch nicht mehr so oft die Zeitung. Wenn ich richtig darüber nachdenke, kommt es mir vor, als hätte ich vielleicht *ihn* in Schwung gebracht. Aber das habe ich natürlich nicht gesagt.

Während ich das schreibe, kommt mir übrigens noch ein interessanter Gedanke. Jetzt weiß ich nämlich, weshalb ich so gern Tagebuch, aber so furchtbar ungern Briefe schreibe. Wenn man Tagebuch schreibt, kann man über sich selber reden, soviel man will, aber beim Briefeschreiben muß man sich schwer hüten, von sich zu erzählen, und darf sich niemals anmerken lassen, daß man etwas gutgemacht und ein Lob bekommen hat oder auf etwas stolz ist, damit man nicht eingebildet wirkt. Wenn ich mir vorstelle, was Monka zu dem sagen würde, was ich eben geschrieben habe! Und wie sie reagieren würde, wenn ich ihr in einem Brief erzählte: „Heute habe ich während der ganzen Religionsstunde meine Hände bewundert. Sie sind wirklich ungewöhnlich hübsch, lang und schmal – so richtig vornehm." Ich glaube, da würde sie rasend vor Wut werden und glauben, ich hätte nicht mehr alle Tassen im Schrank. Trotzdem stimmt es, daß ich meine Hände bewundert habe.

In einem Brief könnte ich auch nicht schreiben, daß ich einen Ring haben möchte: einen großen, echten, kostbaren Ring, der funkelt und in weiten Kreisen Neid erweckt. Ich besitze nur einen kleinen, biederen Ring mit einer Perle. Mama findet ihn ganz entzückend und gerade richtig für ein junges Mädchen, aber nach meiner Meinung ist er so kindlich wie nur irgend etwas. Doch am liebsten von allem möchte ich eine Reitjacke haben, eine richtige, gut geschnittene, teure Jacke, so daß ich eine flotte Rückenpartie bekäme wie die wirklich großen Reiter.

10. 4.

Heute haben die Osterferien begonnen, und Eva war mit Sebastian den ganzen Tag bei uns. Sie war ganz entzückt von Magdalena. Wir spielten lange mit der Kleinen und ließen sie auf Flaumfeder herumtraben. Das kleine Ding hat Schneid! Magdalena hat überhaupt keine Angst, nicht einmal, wenn sie von Flaumfeder herunterrutscht und ich sie in der Luft auffange. Sie sagt, sie will ein eigenes Shetlandpony haben. Ich habe ihr nämlich Bilder von Shetlandponys gezeigt. Eigentlich möchte ich selber eins haben, nur so zum Spaß.

Magdalena kommt immer morgens in mein Zimmer, und dann schmuse ich eine Weile mit ihr. Sie ist so nett und rund und gibt so energische, harte Küßchen. Dann begleitet sie mich in den Stall. Sie ist ganz eifrig, und es macht ihr Spaß, den Fußboden zu fegen und den Pferden Brot zu geben; aber sie ist auch ein bißchen ungeschickt und paßt nicht richtig auf. Eins, zwei, drei purzelt sie mitten zwischen die Pferde. Wenn Papa kommt und das sieht, wird er ganz aufgeregt vor Angst um sie.

Als wir dann am Nachmittag Saft tranken, bekam Magdalena eine Banane. Nachdem es ihr mit großer Mühe gelungen war, sie aufzumachen und abzuschälen, hüpfte sie umher und rief: „Guckt mal, eine nackte Banane!“

Da habe ich mich richtig gefreut, daß ich ihre Tante bin.

Elisabet und Göran wollen Ostern bei uns verleben und dann Magdalena wieder mit nach Hause nehmen. Zu diesem Fest brauchen sie sich anscheinend keine eigenen Traditionen zu schaffen. Maria kommt auch. Diesmal bringt sie einen Freund mit. „Er ist pechschwarz“, hat sie am Telefon gesagt. Sie will ihm zeigen, wie man in Schweden Ostern feiert.

Eva war schwer beeindruckt, als sie erfuhr, daß wir einen schwarzen Gast bekommen. Sie will ihn sich unbedingt ansehen; deshalb habe ich sie zum zweiten Feiertag zu uns eingeladen.

Auch Lasse hat angerufen und seinen Besuch zum Ostersonntag angekündigt. Er bringt ein Mädchen mit, und Mama sagte, es habe sich so angehört, als sei es diesmal *ernst*. Spannende Sache! Sie heißt Carola.

Wir werden also zu Ostern ein volles Haus haben. Und ich darf dann die ganze Zeit so gut sein und Geschirr spülen. Aber diesmal bekomme ich *Geld* dafür! Das einzige Dumme ist, daß Maria mit in meinem Zimmer wohnen wird, denn in ihrem soll der Schwarze schlafen, und das Gästezimmer wird von Elisabet mit Göran und Magdalena besetzt. Carola schläft in Lasses Zimmer und Lasse auf dem Sofa im Arbeitszimmer. Da werde ich morgens zeitig im Stall sein, denn ich will in diesem Durcheinander nicht auch noch Betten machen und putzen müssen!

15. 4.

Bevor sie kamen, sagte Mama dauernd: „Hoffentlich haben wir zu Ostern schönes Wetter, damit sich alle im Freien aufhalten können, sonst wird es hier zu eng."

Daraufhin regnete es natürlich während des ganzen Osterfestes in Strömen. Papa und ich ritten jeden Tag im Platzregen spazieren. Ich wollte so gern ordentlich Dressur üben, aber Flaumfeder kniff die ganze Zeit den Schweif ein und wollte überhaupt nicht richtig vorwärtsgehen, und ich wurde naß bis auf die Haut, denn außer den teuren englischen gibt es anscheinend keine wirklich undurchlässigen Regenmäntel.

Aber jetzt ist es wohl das beste, wenn ich über meinen neuen Schwager (?) und die neue Schwägerin schreibe. „Schwager“ und „Schwägerin“: Ich finde, das klingt ganz wunderbar.

Ich will mit Carola anfangen. Wir standen alle zusammen auf der Veranda, als Lasse und sie mit dem Wagen vorfuhren. Er sah so stolz und glücklich aus, daß sogar Magdalena hätte verstehen müssen, daß er diesmal eine richtige Braut und nicht nur eine gewöhnliche Freundin mitgebracht hatte.

Ich hatte reichlich Zeit, sie zu betrachten, denn die Begrüßungsszene zog sich lange hin. Carola ist bildhübsch. Sie ist groß, schlank und dunkel und hat ein ruhiges, freundliches Gesicht. Genauso möchte ich sein, wenn ich groß bin; aber so werde ich bestimmt niemals.

Nachdem sie mich begrüßt hatte, fragte sie gleich: „Darf ich mir nachher dein Pferd ansehen?“

Ich begreife nur nicht, wie Lasse, der zwar furchtbar nett, aber ein bißchen schluderig und streitsüchtig ist, ein so reizendes Mädchen erwischen konnte. Sie studiert Medizin wie er, also muß sie supergescheit sein. Und so eine bleibt an Lasse hängen!

Alle waren sofort ganz entzückt von ihr. Maria zeigte sich nicht ganz so begeistert wie Mama, Elisabet, Magdalena und ich, denn sie kannte Carola schon. Sie sagte nur, für Carola sei immer alles leicht gewesen und sie habe nie den Ernst des Lebens kennengelernt. Doch Elisabet meinte, wenn Carola während ihrer Praktikantenzeit in der Stockholmer Universitätsklinik mit Schwerkranken zu tun gehabt und Menschen sterben gesehen habe, sei sie bestimmt nicht ganz ohne Erfahrung auf diesem Gebiet. Ich finde, das hat sie gut gesagt.

Das war also Carola. Aber nun zu dem schwarzen John. Auch er ist groß und sieht nett aus, und Mama und Papa sagen, er spricht das schönste Oxford-Englisch, das man sich denken kann. Er ist wohl auch ein unheimlich kluges Haus, denn er hat in Oxford studiert und bekam jetzt ein Stipendium in Schweden – irgend etwas mit Rechts- oder Staatswissenschaft, glaube ich. Er ist furchtbar höflich und gut erzogen. Papa und er haben eine Menge Gesprächsstoff.

Aber er ist ganz unglaublich schwarz. Es dauert eine Weile, bis man sich daran gewöhnt hat, daß er *so* schwarz ist. Wirklich. Wenn man ins Wohnzimmer kommt, sitzt da ein schwarzer Herr in unserem geblümten Sessel: das ist irgendwie furchtbar ungewohnt.

Magdalena liebt ihn. Sie stellt sich vor ihn hin, guckt ihn an und lacht. Dann lacht er mit und schaukelt sie auf den Knien. Das hat sie gern.

Alle sind schrecklich höflich und natürlich zu ihm und reden und reden. Ich werde ganz müde von all dem Englisch; aber ich freue mich doch, daß ich ein bißchen verstehe. Das ist aber nicht Vipemyrs Verdienst!

Maria hat zwar niemandem erzählt, daß sie sich mit ihm verheiraten will, aber man müßte ja furchtbar naiv sein, wenn man nicht sähe, daß John ihre große Liebe ist. Was *er* denkt, weiß ich allerdings nicht. Er ist sozusagen viel wohlerzogener als mein Bruder Lasse und mein Schwager Göran. Die beiden sind einfach gewöhnliche nette Jungens, aber John macht einen ganz und gar unergründlichen Eindruck.

Während er Sherry trinkt und sich mit Papa und Mama unterhält, verschlingt ihn Maria mit den Augen. Sie ist gar nicht so rechthaberisch und bissig wie sonst und sagt nichts über Ungerechtigkeiten, Rassenverfolgungen und Krieg.

Gestern abend, als wir im Bett lagen, fragte sie mich wie nebenbei – aber ich merkte genau, wie sehr ihr die Sache am Herzen liegt –, wie ich John fände.

„Er ist enorm elegant", erwiderte ich, denn ich wußte nicht, was ich sagen sollte, und „elegant" war praktisch das einzige Wort, das mir einfiel.

Da lachte Maria und meinte, ich sei richtig vernünftig.

Am Ostermontag kam Eva durch den strömenden Regen herüber und sah sich John an. Danach blieb sie lange Zeit stumm. Schließlich sagte sie: „Was für ein Englisch! Vipemyr würde sicher kein Wort verstehen." Und dann: „Irgendwie ist er reizend. Werden die beiden heiraten?"

Das ist es eben, was man nicht weiß.

Was ich weiß, ist nur, daß Mama, Papa und Maria mich aus meinem eigenen Zimmer geschickt und lange miteinander gesprochen haben. Sie konnten nirgendwo anders ungestört reden, denn in jedem Zimmer sitzen ja Leute. Danach sah Maria aus wie eine Katze, die anstelle von Sahne Milch bekommen hat. Sie schnurrte sozusagen nur mit halber Kraft. Mama und Papa sahen überhaupt nicht aus. Sie waren nur weiterhin freundlich und umgänglich.

Für mich hat eigentlich niemand Zeit. Wenn ich in meinen Hausschuhen ins Wohnzimmer komme, sitzen da Carola und Lasse und sind zärtlich zueinander. Nächstens werde ich Holzschuhe anziehen! Elisabet kümmert sich nur um Magdalena, und Maria läuft dauernd hinter John her. Papa unterhält sich viel mit John. Mama kocht und will Hilfe haben: Vor ihr muß man sich also in acht nehmen. Göran geht allein im Regen spazieren. „Mein Englisch wird so müde", sagt er.

Und die ganze Zeit regnet und stürmt es.

Unser schwedisches Osterwetter gefällt John bestimmt

nicht. Er ist während der ganzen Tage nicht vor der Tür gewesen.

Papa sagt keinen Ton, wenn wir zusammen draußen sind, außer daß er müde ist. Während des Reitens gähnt er die ganze Zeit. Ich habe noch nie jemanden so viel gähnen sehen. Ob das am Alter liegt? Aber wenn Papa arbeitsunfähig wird, weiß ich nicht, was ich tue!!!

Heute haben Elisabet und ich Ölmäntel übergezogen und einen Spaziergang im Wald gemacht. Dort stürmt es wenigstens nicht. Wir sprachen viel über Carola und darüber, wie klasse sie ist, denn sie hilft beim Abwaschen und deckt den Tisch. Dann fragte ich Elisabet, ob sie glaube, daß Maria sich mit John verheirate. Sie sagte, das wäre genau das, was man von Maria erwarten könne, denn sie müsse immer alles übertreiben. Es gebe so viele Probleme in einer Mischehe, aber gerade das reize Maria sicher am meisten, denn sie liebe es, das Dasein zu dramatisieren. „Aber ich glaube, John ist viel zu klug, um unüberlegt zu handeln", fügte sie hinzu.

Darauf sagte ich: „Du vergißt die Glut der Leidenschaft."

Da guckte mich Elisabet an und fragte: „Woher hast du denn *das?*"

„Schließlich liest man ja Bücher", antwortete ich.

„Es fragt sich nur, was für welche", gab Elisabet zurück.

„Na ja, nicht gerade Schneewittchen und die sieben Zwerge", erwiderte ich. Ich glaube, das war eine gute Antwort.

Am Abend reisten Elisabet, Göran und Magdalena ab. Elisabet umarmte mich und flüsterte mir zu: „Es ist wirklich ein Glück für Mama und Papa, daß sie noch dich zu Hause haben. Sei lieb zu ihnen!"

Magdalena freute sich auf die Reise, denn Göran und

Elisabet hatten den Rücksitz für sie mit Kissen und Decken als Bett zurechtgemacht. Das fand sie gemütlich. Deshalb war sie gar nicht traurig, daß sie von uns Abschied nehmen mußte. Sie hüpfte auf und nieder wie ein Gummiball und winkte uns zu.

Kleine Kinder sind das Untreueste, was es gibt. Mama und ich weinten beinahe, als Magdalena abfuhr. Da hat man nun das kleine Ding gepflegt, mit ihm gespielt, morgens und abends mit ihm geschmust, und dann fährt es derartig vergnügt davon!

„Ja, ja, wir alten Frauen haben es nicht leicht, wenn wir allein gelassen werden!“ sagte ich zu Mama.

„Du weißt gar nicht, wie recht du hast“, erwiderte sie.

Da standen wir wie zwei alte Großmütter und schnaubten uns die Nase.

Der Abschied von Carola und Lasse, die etwas später abfuhren, fiel uns nicht halb so schwer. Die beiden verloben sich bald und wollen noch in diesem Sommer heiraten.

Nachdem auch sie abgereist waren, legte Mama sich sofort ins Bett, und Maria ging zu ihr hinauf. Papa setzte sich vor den Fernsehapparat und guckte sich träge die Tagesschau an. Zu mir sagte er nur: „Du könntest eigentlich den Abwasch machen.“

Wütend verzog ich mich in die Küche, spritzte mit dem Wasser umher und klapperte ganz laut mit dem Geschirr. Ich wollte, daß Mama und Papa deutlich hörten, was für eine prachtvolle Tochter sie haben.

Da kam John in die Küche und fing an, die Gläser abzutrocknen. Es war das erste Mal, daß ich mit ihm ganz allein war. Ich fühlte mich schrecklich dumm und schüchtern, deshalb gab ich Pingpong zu fressen und redete mit ihm, um einer Unterhaltung mit John aus dem Wege zu gehen.

Eigentlich hätte ich ihn gern tüchtig ausgefragt, über seine Mutter, seinen Vater und wo und wie sie wohnen. Ein Häuptlingssohn ist er nicht, das wußte ich schon von Maria, denn ich habe mich bei ihr danach erkundigt. Aber wenn ich mir nun ein Herz gefaßt und gefragt hätte: „Where does your mother live?“ und er hätte geantwortet: „In einer Lehmhütte“ (ich weiß nicht, wie das auf englisch heißt), wäre das für uns beide ganz schön peinlich gewesen.

Deshalb schwieg ich. Aber ich dachte die ganze Zeit an seine Mutter. Ich sah sie deutlich vor mir: Sie war ganz schwarz und nackt bis auf ein Baströckchen. Es war mir selbst unangenehm, daß ich solche Gedanken hatte.

In dem Augenblick fragte John, ob er der erste schwarze Mensch sei, den ich kenne.

Ich sagte nein, denn bei Tante Gerda habe ich ja einmal zwei farbige Studenten kennengelernt. Das war allerdings etwas anderes, denn keiner von den beiden hatte die Absicht, Maria zu heiraten. Sie wollten nur eine Fabrik besichtigen.

Aber das sagte ich natürlich nicht.

Wir redeten weiter, und es ging richtig gut. Ich wünschte, Vipemyr hätte mich hören können.

Er erzählte mir von seiner Schwester, die genauso alt ist wie ich, auch Zöpfe trägt und Schriftstellerin werden will.

Darüber war ich natürlich erstaunt und sagte, ich könne mir gar nicht vorstellen, daß in Afrika ein Mädchen lebt, das Zöpfe hat und Schriftstellerin werden will. Da lachte er und fragte, wie ich eigentlich auf den Gedanken käme, seine Schwester lebe in Afrika. Er komme aus Birmingham in England, und dort wohne auch seine ganze Familie.

Wie ich mich da schämte! Ich hatte es für selbstverständlich gehalten, daß alle Neger aus Afrika kommen. Und er wohnt in England!

Nun fragte ich natürlich, ob er viel reite und auf die Jagd gehe. Da lächelte er und sagte, das mit der Jagd und dem Reiten habe sich in seiner Familie noch nicht durchgesetzt, aber seine Schwester sei sehr tierlieb. Sie habe auch einen kleinen Hund, einen Corgie.

Wir unterhielten uns noch über alles mögliche. Wenn ich jetzt darüber nachdenke, glaube ich, daß das die erste Erwachsenen-Unterhaltung war, die ich geführt habe. Und die allererste auf englisch. Es ist wirklich gar nicht so dumm, Sprachen zu lernen. Von jetzt an werde ich mich ernstlich dahinterklemmen und alle Krimis von Agatha Christie auf englisch lesen.

17. 4.

Heute sind John und Maria abgereist. Papa hat sie zum Bahnhof gefahren. John benahm sich bis zuletzt tadellos; aber Maria hat sich heute morgen im Schlafzimmer mit Mama gestritten, das habe ich gehört. Mama sei stur und stecke voller Vorurteile, sagte sie, und es sei typisch, daß Mama und Papa die weiße, schwedische Carola mit offenen Armen aufgenommen, John dagegen, der als Mensch tausendmal besser sei, die ganze Zeit wie einen Fremden behandelt hätten. Was Mama darauf erwiderte, weiß ich nicht, denn sie sprach ganz leise. Aber den ganzen Nachmittag war sie sehr still und nachdenklich.

Es herrschte eine so traurige Stimmung, daß ich mit Flaumfeder zu Eva ritt. Ich hatte meine großen Geschwister und all ihre Leidenschaften gründlich satt. Es ist ja gerade so, als hätten sie keinen vernünftigen Gedanken im Kopf, nur noch die Liebe.

Ich blieb lange bei Eva, und sie brachte mir bei, wie man mit der Maschine melkt. Das hat mir großen Spaß gemacht.

Mama und Papa sind von diesem Osterfest so müde, daß sie schon um acht Uhr schlafen gingen. Und über John haben sie mir nicht ein einziges Wort gesagt! Sie glauben wohl, ich sei zu klein, um etwas von Rassenproblemen zu verstehen. Aber ich habe alles begriffen. Sie sind der Meinung, daß man zu Negern nett sein soll – das ist ja klar –, aber daß es höchst unnötig ist, sich mit ihnen zu verheiraten. Maria dagegen findet, daß man sich gerade mit ihnen verheiraten soll, um deutlich zu zeigen, wie wenig man sich darum kümmert, was die Leute sagen.

20. 4.

Papa hat einen Brief vom Reiterverein bekommen, in dem steht, daß am 20. Mai in der Stadt Turnier ist. Leichte Dressur ist auch dabei. Als ich sagte, ich wolle mich mit Flaumfeder eintragen lassen, meinte Papa natürlich, sie sei noch nicht soweit. Aber ich bettelte so lange, bis er es mir erlaubte – unter der Bedingung, daß sie hier zu Hause die Aufgaben für die L-Dressur ohne Fehler fertigbringt. Nun werde ich also auch jeden Morgen vor der Schule eine Weile mit ihr trainieren. Mama seufzt allerdings und meint, ich schaffte das nie. Sie sorgt sich auch um mein Schulzeugnis.

Das Schlimmste ist, daß ich Flaumfeder nicht dazu bewegen kann, sich rückwärts zu richten, sosehr ich mir auch Mühe gebe. Mama und ich haben heute gemeinsam versucht, sie dazu zu zwingen. Mama schob sie mit den Händen rückwärts, während ich oben saß und die Zügel anzog. Es nützte alles nichts. Flaumfeder machte nur wieder Anstalten zu steigen, und da bekam Mama Angst. Ich auch, denn ich habe keine Lust, mir die Arme zu brechen.

Ich möchte wissen, ob Flaumfeder vielleicht wirklich dumm ist. Dumm im Kopf, meine ich. Und ob sie vor Zuschauern die Panik kriegt. Sie ist ja nicht an Publikum gewöhnt. In der Pferdezeitschrift habe ich von einem Turnier in Aachen gelesen, bei dem 50 000 Zuschauer so hingerissen waren, daß sie aufstanden, den Siegern zujubelten und mit den Taschentüchern winkten. Ich glaube, Flaumfeder würde verrückt werden und durchgehen, wenn 50 000 Menschen ihr zuwinkten. Bei der Dressur werden wohl zwar nur ungefähr zwanzig bis dreißig Leute zugucken, aber für Flaumfeder sind das immer noch zwanzig bis dreißig zu viel.

Ich muß sie unbedingt an Publikum gewöhnen.

25. 4.

Papa ist so faul geworden, daß er Eriksson gebeten hat, Komet morgens zu striegeln! „Ich bringe es einfach nicht fertig, jeden Morgen so früh aufzustehen“, sagt er. Er wird wohl allmählich altersschwach, deshalb ist es vielleicht am besten, daß er seine Kräfte für den Ausritt am Nachmittag aufspart. *Ich* würde lieber sterben, als es Eriksson überlassen, Flaumfeder zu striegeln.

Ich stehe jetzt immer jeden Morgen um sechs Uhr auf und reite Flaumfeder eine halbe Stunde auf Erikssons Brachacker, denn unsere eigene Bahn ist nach dem Regen zu schlammig. Papa sagt, wir wollen dort eine richtige

Reitbahn mit Torfmull und Sägespänen machen, genau wie in einem Reitstall. Es ist wunderbar, frühmorgens auszureiten, wenn die Sonne so hell scheint und die Vögel zwitschern. Flaumfeder hat phantastische Laune. Nur rückwärts will das dumme Ding nicht gehen!

In der Schule ist es doof. Jeden Tag Klassenarbeiten. Wir haben uns vorgenommen, das nächste Mal, wenn wir wieder eine Arbeit schreiben sollen, zum Direktor zu gehen und uns zu beschweren. Ich habe heute in der Schulbücherei ein furchtbar albernes Buch entdeckt. Es heißt „Lehrplan für die Grundschule“ und ist ein Wälzer. Aber ich habe es trotzdem in meine Schultasche gestopft, denn ich will es lesen, um herauszufinden, ob es *recht* ist, daß Schüler dauernd mit Klassenarbeiten gequält werden.

28. 4.

Heute hat sich Flaumfeder rückwärts richten lassen.

Ich übte mit ihr auf dem Dressurrechteck, und alles ging gut, sogar das Schenkelweichen. Aber sobald sie sich rückwärts richten sollte, war Schluß. Dann stand sie nur da, stampfte mit den Vorderfüßen, warf den Kopf zurück und legte ihr ganzes Gewicht auf die Hinterhand. Ich dachte an Lithanders Mahnung, daß man steigende Pferde mit strengen Zurufen erschrecken soll. Ich finde, das ist ein schlechter Rat. Wozu soll es denn nützen, ein Pferd, das steigt, anzuschreien? Wenn es hintenüberfällt, liegt man doch auf der Erde.

Als ich mich halbwegs entschlossen hatte, blitzschnell abzuspringen, falls sie steigen sollte, kam Papa. Er sah, was im Gange war, und rief mir ärgerlich zu: „Laß doch diese Dummheiten, Piglet! Reite vorwärts!“

Da bekam Flaumfeder solche Angst vor ihm, daß sie plötzlich zehn Schritte rückwärts richtete, so schnell, daß sie sich fast auf die Hinterhand setzte. Da haben wir sie natürlich sehr gelobt. Gleich danach versuchten wir es noch einmal, und wieder richtete sie sich rückwärts. Das wiederholten wir viele Male. Flaumfeder wurde durch ihre eigene Tüchtigkeit so angeregt, daß sie sich später bei jedem Durchparieren und jeder Hinterhandwendung rückwärts richtete, die dumme Liese. Aber jetzt kann sie es wenigstens! Zur Belohnung gab ich ihr sieben Zuckerstücke, einen Apfel, einen Kanten Brot und eine halbe Tafel Schokolade. Dann brachten wir sie schnell in den Stall.

Ich überlege, ob ich sie nicht vielleicht so gut hinkriege, daß sie im Sommer an den schwedischen Pony-Meisterschaften teilnehmen kann. Ich werde allerdings erst im August vierzehn, deshalb wird es sicher nichts werden.

1. 5.

Ich habe den schulfreien Tag dazu benutzt, weiße Bänder auf kleinen Pfählen um das ganze Dressurrechteck herum zu spannen, Pappschilder auszuschneiden, sie mit den verschiedenen Buchstaben zu beschreiben und genau an den richtigen Stellen zu befestigen. Flaumfeder bebte vor Angst. Als Hasse und Krister auf ihren Rädern vorbeifuhren, bat ich sie, eine Weile dazubleiben und Publikum zu spielen, während ich ritt. Ich gab ihnen eine Zeitung zum Rascheln und ein paar weiße Lappen, mit denen sie winken sollten (wie die 50 000 Leute auf dem Turnier in Aachen, von dem ich gelesen habe). Dann ritt ich auf Flaumfeder ein. Sie hatte so schreckliche Angst 1. vor den Bändern, 2. vor den Buchstabenschildern, 3. vor dem

Publikum, 4. vor der raschelnden Zeitung, daß sie beinahe in die Knie ging! Das war wirklich eine tolle Dressurvorführung!

Mittendrin kamen Papa und Mama und schwenkten ihre Taschentücher, und die Trantüten winkten aus Leibeskräften mit den weißen Leinenfetzen. Da rannte Flaumfeder in vollem Galopp schräg aus der Bahn und weigerte sich, wieder hineinzugehen. Erst als alle Zuschauer ihre

Tücher eingesteckt hatten und sich nicht mehr bewegten, schlich sie auf die Bahn zurück, aber sie war immer noch sehr nervös und unsicher. Die Trantüten brachen in schallendes Gelächter aus, als ich an ihnen vorbeiritt.

Aber Papa sagte: „Es ist klug von dir, daß du sie an Publikum gewöhnst.“

4. 5.

Jetzt geht Flaumfeder, ohne nervös zu werden, im Dressurrechteck herum. Heute meinte Papa, sie mache ihre Sache so gut, daß es eine Freude sei, ihr zuzugucken. Nur mit dem Durchparieren klappt es noch nicht so recht, denn sie wirft den Kopf zurück, obwohl ich immer die Schenkel herannehme.

Papa hat mir jetzt endlich erlaubt, an dem Turnier teilzunehmen. Ich habe mich also eintragen lassen. Ich bin schon so gespannt, daß ich nicht weiß, wie ich die Tage überstehen soll, bis es soweit ist! Papa kennt jemanden, der uns einen Pferdetransporter leihen kann. *Prima!* Wenn ich nur eine richtige Reitjacke hätte! Daß ich einfache Hosen tragen muß, spielt keine Rolle, aber im Pulli reiten – so etwas *tut* man einfach nicht. Ich habe mit Mama über die Sache gesprochen. Sie will sehen, was sich machen läßt.

10. 5.

Als ich heute aus der Schule kam, lag ein großes Paket auf meinem Bett. Es kam aus Stockholm, und darin war eine wunderschöne zimtbraune englische Reitjacke. Mama ist ein Engel! Ich habe die Jacke sofort anprobiert. Sie sitzt wie angegossen, und ich sehe darin so schlank und schick aus wie ein Mädchen auf einem Reklamefoto. Ich wünschte, um das ganze Dressurrechteck herum wären Spiegel aufgestellt, wie man sie in den Reitbahnen hat, so daß ich die Bewegungen des Pferdes und meinen Sitz beobachten kann.

Die Trantüten kamen gerade mal wieder angeradelt, als ich auf Flaumfeder die Jacke einweihte. Krister sagte: „Wenn alle Mädchen auf dem Turnier so hübsch sind, sollte man vielleicht wirklich hingehen und zugucken!“

Da kann man sehen, was es ausmacht, wenn man so eine schicke Jacke trägt!

Auch Papa und Mama finden mich hochelegant. Nun hoffe ich nur, daß sich Flaumfeder auf dem Turnier vernünftig benimmt. Leider ist sie ja überhaupt nicht weltgewandt. Aber es ist gut, daß ich schon vorher Turniere geritten habe. Ich habe zwar nur das Springen mitgemacht, aber immerhin.

Ich muß natürlich damit rechnen, daß sich Flaumfeder wegen ihrer Ungeübtheit scheußlich blamiert; aber ich hoffe doch, daß ich wenigstens placiert werde, wenn ich auch nicht gerade den ersten Preis gewinne. Ich reite sie jetzt dreimal am Tag: morgens vor der Schule, nachmittags nach der Schule und abends. Ihre Haferration habe ich auf zwei Kilo erhöht. Soviel hat sie vorher nie bekommen, aber jetzt im Training muß sie mehr fressen als gewöhnlich.

12. 5.

Heute haben wir uns in der Schule furchtbar aufgeregt. Zuerst hatten wir Religion, und Klein Doofy kam mit einer Zettelarbeit an. Da nie ein Mensch zuhört, was er im Unterricht sagt, gaben mehrere ihre Zettel leer ab. Ich konnte zwar die meisten Fragen beantworten, aber wütend war ich trotzdem. Lehrer, die einem nichts beibringen, sollen auch keine Arbeiten schreiben lassen!

Danach schrieben wir zwei Stunden lang Mathematik. Diese Arbeit war uns vorher angekündigt worden, aber immerhin.

Nach der Pause flatterte die Vipemyr mit einem Stoß Zettel in die Klasse, die wir nach bestem Vermögen ausfüllen sollten. Das war das vierte Mal in diesem Monat, daß wir bei ihr eine Arbeit schrieben! Sie sagt, das sei das einzige Mittel für sie, uns zum Lernen zu bringen. Aber ich glaube, sie brauchte uns keine Arbeiten schreiben zu lassen, damit wir etwas lernen, wenn sie besser zu lehren verstünde.

Nach der Englischstunde waren wir so wütend, daß wir uns alle auf dem Schulhof versammelten und beschlossen, uns beim Direktor zu beschweren. Ich wurde zusammen mit der langhaarigen Laila und Krister gewählt, die Klasse zu vertreten. Wir waren so erbittert, daß wir geradewegs zum Direktorzimmer marschierten. Erst als wir oben waren, fiel es Laila mit den langen Haaren ein, daß sie sich kämmen mußte. Sie schlüpfte also in den privaten Waschraum des Direktors, um sich unwiderstehlich zu machen. Inzwischen wurden Krister und ich schon aufgefordert, ins Direktorzimmer einzutreten.

Wir nennen den Direktor immer „Milchbrötchen", weil sein Gesicht wie ein aufgegangener Hefeteig aussieht. Heute machte er einen besonders milchbrötchenhaften Eindruck.

„Na, was kann ich für euch tun?" fragte er mit gekünstelter Väterlichkeit.

Ich hatte mir eine ganze Menge aus diesem „Lehrplan für die Grundschule" eingepaukt. Ich hatte das Buch sogar mitgebracht und hielt es vor mich hin wie ein Konfirmand seine Bibel. Dann sagte ich: „Ich habe in diesem Buch gelesen, daß die rechte Betreuung der Schüler die Grundlage für alles Wirken in der Schule bildet. Jeder Schüler soll mit der Unterstützung der Schule rechnen können und Gegenstand ihrer Fürsorge sein." (So steht es tatsächlich auf Seite 21.) „Aber wir in der 8 c spüren von dieser Fürsorge überhaupt nichts. Wir kriegen nur jeden Tag eine Menge

Klassenarbeiten. Heute haben wir drei Arbeiten geschrieben. Die Lehrer sagen, es seien nur Übungen, aber wir wissen genau, daß sie diese Übungen zensieren."

Da blickte er mich so überlegen und belustigt an, wie es Lehrer gern tun, wenn man sie aufs Glatteis führt, und sagte: „Daß ihr so viele Arbeiten schreiben müßt, liegt gewiß nur daran, daß ihr es nötig habt."

Ich schlug das Buch auf Seite 31 auf. Da ich vorher einen Zettel hineingelegt hatte, ging das ganz schnell. Ich las vor: „Eine günstige Schulsituation setzt voraus, daß Schüler und Lehrer eine positive Einstellung zueinander haben." Dann sagte ich: „Aber das ist doch wohl keine positive Einstellung, wenn die Lehrer mit ihren Zettelarbeiten ankommen, um uns zu zeigen, daß wir nichts können! Sie tun das doch nur, um sich sozusagen dafür zu rächen, daß sie uns nicht dazu bringen können, ordentlich zu lernen und um uns durch die schlechten Zensuren einen solchen Schrecken einzujagen, daß wir arbeiten."

„Liebes Kind", erwiderte Milchbrötchen und musterte mich durch seine Brillengläser. „Du mußt doch verstehen, daß die Klasse mit schriftlichen Arbeiten bestraft werden muß, wenn sie faul ist."

„Wir wären nicht faul, wenn wir bessere Lehrer hätten", fuhr es mir heraus. Aber da bekam ich ein bißchen Angst – das heißt, eigentlich bekam ich *furchtbare* Angst. Und ich spürte, daß Krister, der neben mir stand, vor Schreck geradezu erstarrte. Er kniff mich von hinten in den Pullover, um mich zu bremsen.

„Meinst du nicht, daß du noch zu jung bist, um über deine Lehrer urteilen zu können?" fragte Milchbrötchen. Er sah jetzt gar nicht mehr so väterlich aus, eher wie ein aufgeblasener Frosch.

„Ich habe nur ein bißchen in diesem Buch gelesen", sagte ich. „Da steht so viel drin darüber, daß wir zu ausgeglichenen Staatsbürgern erzogen werden und außerdem individuellen Unterricht bekommen sollen. Aber das ist doch wohl kein individueller Unterricht, wenn alle dieselben Fragen beantworten müssen. Und ausgeglichen werden wir davon auch nicht im geringsten. Im Gegenteil. Da steht, daß wir uns in der Schule wohl und geborgen fühlen sollen. Aber wie soll man sich denn geborgen fühlen, wenn jeden Tag Klassenarbeiten auf einen niederregnen? Und wenn die Lehrer mit noch mehr Arbeiten und schlechten Zeugnissen drohen?"

„Mein liebes Mädchen", sagte da das Milchbrötchen ziemlich böse, „die Klassenarbeiten sind nur eine Kontrolle der Arbeit, die die Schüler während des Schuljahres geleistet haben. Wenn du faul gewesen bist und dir nicht genug Wissensstoff einverleibt hast, mußt du dich wohl oder übel mit einem schlechten Ergebnis abfinden." Er sprach furchtbar geschraubt. Wahrscheinlich hatte ihn der Stil des Lehrplans angesteckt, oder er wollte mich mit dieser Redeweise beeindrucken.

„Ich bin weder faul noch dumm", gab ich zurück. „Und ich werde auch nicht nervös, wenn ich Arbeiten schreiben muß. Aber es gibt andere in meiner Klasse, die davon nervös werden. Ein Mädchen muß sogar Schlafmittel nehmen, sonst kann es abends nicht mehr einschlafen. Es hat furchtbare Angst, denn es wird von seinen Eltern ausgeschimpft, wenn es schlechte Arbeiten nach Hause bringt."

Ich verriet ihm nicht, daß es sich dabei um Inga-Lisa handelt und daß sie sich ziemlich albern anstellt; denn das gehörte nach meiner Meinung nicht dazu.

„Und deshalb finden wir es dumm", fuhr ich fort, „daß

die Lehrer unsere Leistungen nur nach den Arbeiten beurteilen und überhaupt nicht danach, wie wir in den Stunden sind."

„Ich glaube, du hast das Ganze mißverstanden", meinte das Milchbrötchen. „Und ich bin entschieden der Meinung, daß du viel zu jung und grün bist, um über das ganze Schulsystem zu Gericht zu sitzen. Dieses System ist von erfahrenen Pädagogen ausgearbeitet worden."

„Aber wir Kinder sind es doch, die ihm ausgesetzt sind", sagte ich. „Die ganze Klasse findet diese Sache mit all den vielen schriftlichen Arbeiten nicht in Ordnung."

„Ich werde die Angelegenheit untersuchen", erwiderte Milchbrötchen. „Und ich bin sehr froh, daß du mit deinem kleinen Problem zu mir gekommen bist. Schließlich bin ich ja euretwegen hier."

Wie er so dastand und – seine dicken Hände auf dem Bauch gefaltet – auf uns 'runterguckte, sah er richtig scheinheilig aus.

„Jaha", sagte ich und knickste. Krister machte eine Verbeugung, und wir wandten uns zum Gehen. Aber da winkte mich der Direktor noch einmal zu sich.

Auf ziemlich wackligen Beinen ging ich zu ihm zurück. Ich war schon darauf gefaßt, daß ich im nächsten Augenblick für alle Ewigkeit aus der Schule verwiesen werden würde.

Aber Milchbrötchen sagte nur: „Es sind so viele Schüler in der Schule, daß ich leider nicht die Namen jedes einzelnen kenne. Wie heißt du?"

Nachdem ich es ihm gesagt hatte, brummte er: „Aha, du bist also Piglet. Das hatte ich mir fast gedacht."

Da fühlte ich mich beinahe wie eine berühmte Persönlichkeit.

„Nun, Piglet", fuhr er fort, „da du über so vieles deine eigenen Ansichten hast, kannst du mir vielleicht erzählen, wie es in deiner Klasse mit der Disziplin bestellt ist."

Da merkte ich, daß er mich über die Klasse aushorchen wollte, und sah mich ein bißchen vor.

„Ich glaube, die Disziplin hängt von den Lehrern ab", sagte ich. „Mit einigen gibt es nie Streit. Beim Deutschunterricht zum Beispiel – da nehme ich allerdings am A-Kurs teil. Aber in Englisch, wo ich auch im A-Kurs bin, ist es nicht eine Minute lang ruhig. Und in Religion herrscht ein Heidenkrach, weil uns nie etwas ordentlich erklärt wird. Aber in Mathe ist es ganz ruhig und prima. Meistens liegt es also an den Lehrern."

„So, findest du?" sagte Milchbrötchen mit unergründlicher Miene. „Nach all den Klagen, die ich mir schon über die 8c habe anhören müssen, war ich eher geneigt zu glauben, daß der Fehler in erster Linie bei den Schülern zu suchen ist. Und nun kommst du und sagst, es liegt an den Lehrern. Höchst sonderbar." Das sollte natürlich Ironie sein. Ich hielt den Mund.

„In deiner Klasse muß ja ein ungewöhnlich langweiliger Geist herrschen", fuhr Milchbrötchen fort.

„Ja, das stimmt", gab ich zu.

„Nun, dann finde ich, ihr solltet das ändern, damit die Lehrer sich bei euch ein bißchen wohl und geborgen fühlen", sagte Milchbrötchen und strahlte über das ganze Gesicht.

Dem war nichts mehr hinzuzufügen, deshalb machte ich einen Knicks und ging aus dem Zimmer.

Als ich die Tür aufmachte, drängte sich Laila herein. Sie schwenkte ihre Haare, knickste und sagte hastig: „Ich sollte eigentlich mit Piglet und Krister zusammen hierherkommen. Leider war ich verhindert. Aber ich bin der gleichen Meinung wie meine Kameraden. Das mit den Klassenarbeiten ist ungerecht."

Dann drängte sie sich gleichzeitig mit mir wieder hinaus, so daß wir einen Augenblick festgekeilt dastanden. Es war äußerst peinlich.

Als wir die Treppe hinuntergingen, erklärte sie: „Wenn du und Krister für diese Sache bestraft werdet, will ich dabeisein. Irgendwo muß es schließlich Gerechtigkeit geben."

Ich finde, das war nett von ihr.

Bio war natürlich schon in vollem Gang, als wir in den Biologiesaal kamen. Krister übernahm plötzlich die Führung und erklärte: „Wir waren beim Direktor."

„Aha", sagte Herr Gustavsson. „Setzt euch auf eure Plätze."

Herr Gustavsson ist in Ordnung, und in Biologie sind wir auch immer nett. Aber jetzt waren alle so neugierig, daß in allen Bänken eifrig geflüstert wurde.

„Es ist wohl am besten, wenn wir erfahren, was der Direktor gesagt hat", schlug Herr Gustavsson vor. „Danach können wir uns dann vielleicht wieder unserem Thema zuwenden."

„Er hat gesagt, wir sollten den Geist in der Klasse ändern", berichtete ich.

Da starrten mich alle an und buhten, am schlimmsten natürlich Jonny. Seine Buhrufe galten aber bestimmt nicht dem Direktor, sondern mir.

„Wie sollt ihr das denn anstellen?" erkundigte sich Herr Gustavsson interessiert.

„Das hat er nicht gesagt."

„Ihr könntet ja vielleicht damit beginnen, daß ihr eure

Aufgaben etwas besser lernt", schlug Herr Gustavsson vor.

Aber da riefen wir alle: „Uh!"

Herr Gustavsson grinste. Dann sprachen wir ausgiebig über den Blutkreislauf.

Aber in der letzten Pause schlich ich mich in die Bücherei und stellte den Lehrplan für die Grundschule wieder an seinen Platz. Ich habe jetzt genug davon.

14. 5.

Als wir heute unsere Aufgaben für das Turnier übten, benahm sich Flaumfeder sehr albern. Sie stampfte immer nur und wollte steigen. Vielleicht ist sie auch rossig, denn sie drängt sich an Komet und macht sich bei ihm lieb Kind, obwohl doch selbst sie begreifen müßte, daß er sich nicht viel aus Zärtlichkeiten macht. Aber wenn er sie dann höflich ebenfalls beschnuppert, quiekt sie wie am Spieß und schlägt mit der Hinterhand aus. Ganz verrückt!

Aber jetzt habe ich einen Trick herausgefunden, mit dem ich sie zur Vernunft bringen kann, wenn sie steigen will. Ich verlagere mein Gewicht im Sattel und drehe sie so schnell herum, daß sie ganz wirbelig wird und sozusagen den Faden verliert. Bei Lithander steht davon nichts; diesen Tip kann er also von mir bekommen.

Na ja, jedenfalls wurde ich so müde und hatte es so satt, daß ich in den Wald ritt. Dort sprangen wir über alle Hindernisse und Gräben, die wir finden konnten. Am Schluß ritten wir in gestrecktem Galopp den langen Hügel hinauf.

Mama, die dabeiwar und alle Mühe hatte, bei den Biegungen mitzuhalten, fragte: „Ist das die Art, wie du Dressur trainierst?"

Da wurde ich so ärgerlich, daß ich ihr davonritt. Erst auf der Allee kurz vor dem Haus konnte sie mich wieder einholen. Wir waren alle vier tropfnaß vor Schweiß.

Beim Abendessen versöhnte ich mich wieder mit Mama. Ich deckte ab und spülte das Geschirr. Freiwillig. Ohne daß jemand mich darum gebeten hätte.

15. 5.

Heute waren so viele aus der Klasse krank (oder schwänzten), daß Frau Karlsson die Gruppen umstellen mußte, als wir in der Chemiestunde Versuche machen sollten. Ich kam mit Jonny in eine Gruppe. Wir protestierten beide wie wild, aber die Karlsson, die ziemlich barsch ist, schrie: „Es wird so gemacht, wie ich es gesagt habe!"

Auch Inga-Lisa war in unserer Gruppe. Wie gewöhnlich sagte sie die ganze Zeit keinen Piep. Sie schielte nur ängstlich zu Jonny hin. Pelle, der mit Laila in einer Gruppe war, bekam einen Lachanfall und war die ganze Stunde lang krebsrot im Gesicht.

Jonny rührte mal wieder keinen Finger. Inga-Lisa und ich mußten die ganze Zeit schuften, um Material heranzuschleppen, den Versuch zu machen und alles einzutragen; aber er saß nur da und streckte die Beine aus, so daß wir drüber stolperten, denn im Chemiesaal ist es furchtbar eng.

Frau Karlsson kreiste mit hochgezogenen Augenbrauen um ihn herum; aber natürlich konnte sie sich nicht lange mit ihm aufhalten, denn von Jonnys Sorte haben wir ja noch mehr Leute in der Klasse, um die sie ihre Kreise ziehen mußte.

Den meisten von uns macht Chemie ziemlich viel Spaß, denn wenn man Glück hat, knallt und stinkt es bei den

Versuchen, und die Jungens tun ihr Bestes, damit es laut knallt. Außer Jonny. Er saß da und spielte mit einer Glasschale, die er ergattert hatte, und balancierte damit herum. Wir warteten nur noch darauf, daß sie auf den Fußboden fallen würde. Gleichzeitig stellte er mir ein Bein, sooft er konnte, und ich verschüttete Flüssigkeiten, Säuren und anderes chemisches Zeug und war zweimal nahe daran, hinzufallen. Beim zweiten Mal brummelte Frau Karlsson, ich solle besser aufpassen.

Da wurde ich so wütend, daß ich mit voller Wucht nach Jonny trat, als er wieder einmal seinen Fuß vorsetzte, um mich zum Stolpern zu bringen. Wie es genau zuging, weiß ich nicht, aber jedenfalls sauste die Glasschale auf den Fußboden und zersprang – was eigentlich sehr ungewöhnlich ist, denn diese Gefäße halten meistens.

Jonny brüllte: „Willst du mich umbringen, du Pferd?“

Danach sagte er nichts mehr, und ich wandte nicht einmal den Kopf, sondern setzte meinen Weg fort.

Frau Karlsson schrie: „Du kannst zu Hause fluchen, aber nicht in meiner Gesellschaft. Heb die Scherben auf, du Tölpel!“

Keiner kümmerte sich um Jonny, bis Inga-Lisa plötzlich auf den Fußboden zeigte, aufstöhnte und ohnmächtig wurde! Da sah ich, daß sich auf dem Boden neben den Glasscherben eine Blutlache gebildet hatte.

Die große, kräftige Frau Karlsson nahm Inga-Lisa in ihre starken Arme, ich trug ziemlich ungeschickt die schmächtigen Beine, und so schleppten wir sie gemeinsam in eine Ecke. Dort erweckte Frau Karlsson sie mit etwas Wasser wieder zum Leben, setzte sie auf einen Stuhl und drückte ihr den Kopf zwischen die Knie. Das sah brutal aus, aber es war anscheinend das Richtige, denn Inga-Lisa schüttelte sich ein bißchen, kam wieder zu sich und piepste, sie könne kein Blut sehen.

„Hier ist doch kein Blut", erklärte Frau Karlsson, denn sie hatte die Pfütze neben den Glasscherben noch gar nicht bemerkt.

„Soso, hier ist kein Blut, was?" fragte Jonny, hielt seinen Daumen hoch und wippte damit, so daß alle sehen konnten, daß er fast durchgeschnitten war.

Da stöhnte Inga-Lisa wieder und war nahe daran, zum zweiten Mal ohnmächtig zu werden.

Jetzt wurde Frau Karlsson aber böse. „Jonny, wie oft muß man dir sagen, daß du nicht an allem herumfingern und Sachen kaputtwerfen sollst!"

Dann guckte sie sich den Daumen etwas näher an und meinte: „Wir müssen dich ins Krankenhaus fahren, denn dein Finger muß genäht werden!"

Aber Jonny fühlte sich wie ein Kriegsheld, das konnte man ihm deutlich anmerken. Als er nachher ins Auto gepackt wurde, war er allerdings nicht mehr so vergnügt.

Als Jonny verschwunden war, breitete sich eine herrliche Ruhe im Chemiesaal aus.

Frau Karlsson steckte die Hände in die Taschen ihres weißen Kittels und sagte: „Eigentlich müßte ich wohl untersuchen, wie es zu diesem Unfall gekommen ist. Aber ich denke gar nicht daran, denn Jonny hat genau das bekommen, was er verdiente. Ich hoffe, er wird ohne örtliche Betäubung genäht."

Da stöhnte Inga-Lisa doch wahrhaftig zum dritten Mal und wurde grünlich im Gesicht, und Frau Karlsson warf ihr einen Blick zu, der nicht gerade Mitleid ausdrückte. Dann guckte sie an ihrem weißen Chemiekittel 'runter und entdeckte, daß er voller Blut war.

„Jetzt muß man mit dem Blut seiner Schüler auf den Kleidern herumlaufen“, sagte sie. „Ein Teufelsberuf ist das, den man sich ausgesucht hat!“ Dabei blinzelte sie mir zu und lachte.

Ich finde, Frau Karlsson ist klasse.

Ich nahm meine ganze Kraft zusammen, holte einen Eimer und ein Scheuertuch aus der Besenkammer und wischte Jonnys Blut vom Boden auf. Dann wusch ich mir gründlich die Hände und goß den Eimer aus. Das war beinahe so, als schüttete ich ein bißchen von Jonny selbst in den Ausguß, und das war ein sehr angenehmer Gedanke.

„Nun ist ein kleiner Teil von ihm weggeschwommen“, sagte ich zu Frau Karlsson.

„Darüber brauchst du dich nicht zu grämen“, meinte sie.

„Eher das Gegenteil“, gab ich zurück.

Da klopfte sie mir verständnisinnig auf die Schulter.

So tüchtige, derbe Frauen wie Frau Karlsson habe ich furchtbar gern, obwohl ich selber eigentlich nicht ganz so derb werden möchte. Eins ist allerdings sicher: So pimpelig wie Inga-Lisa will ich nicht werden. Aber jedesmal, wenn ich an Jonnys klaffende Wunde an seinem Daumen denke, spüre ich ein unangenehmes Kribbeln im Magen.

16. 5.

Als wir heute Englisch hatten, kam der Direktor herein und wollte zuhören. Die Vipa sprach vor lauter Aufregung ganz vornehm und mit Fistelstimme, und wir fingen an zu kichern. Wir nahmen uns sofort vor, dem Milchbrötchen zu zeigen, wie wenig sie uns beigebracht hat, und gaben uns dümmer als gewöhnlich.

Da drehte die Vipa groß auf und sprach mehrere Sätze

auf englisch, aber wir taten so, als verstünden wir nichts, bis sie dann sagte: „But children, children, you must know this. I have told you so many times!“

Aber Jonny hob die Hand mit dem Daumen, der in einem Riesenverband steckte, und sagte: „I understands nur Schwedisch.“

Das war das beste, was er sich in diesem Schuljahr geleistet hat.

Doch der Direktor schlief anscheinend; jedenfalls zuckte er mit keiner Wimper. Da durchfuhr mich ein schauerlicher Gedanke: „Vielleicht kann er selber so wenig Englisch, daß er gar nicht versteht, wie schwach die Vipemyr ist.“ Allerdings hätte er merken müssen, wie geziert sie sich benahm.

Wenn ich nur daran denke, daß ich am Samstag Turnier habe, kriege ich eine Gänsehaut. Nur Hasse und Krister wissen davon, denn sie haben ja für Flaumfeder Publikum gespielt. Sonst habe ich keinem ein Wort gesagt, außer Eva natürlich. Rosita würde es allen in der Klasse erzählen, und das hätte keinen Zweck, denn keiner von ihnen versteht, wie schön der Umgang mit Pferden ist. Sie wissen weiter nichts zu sagen als: „Wie kann es jemandem nur Spaß machen, auf einem Gaul in der Gegend 'rumzuhopsen?“ Und dann schlagen sie ihre Zeitschriften auf, und einer liest über die Schulter des anderen, und sie sagen: „Guck mal!“, „Stell dir das vor!“ und „Nein, hättest du das gedacht?“ Ich kann einfach nicht begreifen, daß *daran* jemand Spaß haben kann: auf einen Haufen Leute zu starren, die fast alle ziemlich doof aussehen.

Ich glaube, viele in unserer Klasse haben noch nie ein richtiges Buch gelesen, immer nur Zeitschriften oder solche Heftchen! Es gibt allerdings auch solche wie Krister, die massenhaft lesen, sich das aber nie anmerken lassen. Es hat ewig gedauert, bis ich entdeckte, daß er klug ist, denn er sagt nie etwas und meldet sich nie, aber bei jeder Arbeit hat er fast alles richtig. Das finde ich komisch. Wenn Krister und ich gleichzeitig in der Bücherei sind, entsteht jedesmal eine Art Wettkampf zwischen uns. Krister borgt sich immer so schlaue Wälzer aus, und ich stürze mich auf ebenso eindrucksvolle Bände. Dann klopft uns Wühlmaus aufmunternd auf den Rücken und nennt uns „die intellektuelle Elite der Klasse"!

Aber eigentlich ist das wohl nur Snobismus – wenigstens bei mir, denn im Grunde lese ich im Augenblick am liebsten Krimis. Was es bei Krister ist, weiß ich allerdings nicht, denn auf die Mentalität der Jungen verstehe ich mich nicht.

O Hilfe, ich habe ja beinahe das Allerwichtigste vergessen! Heute kam das Programm für das Turnier. Die L-Dressur ist ja zum Glück nur Klubklasse, aber es sind zehn Teilnehmer. Ich habe die Nummer 8 bekommen. Das ist eine runde und nette Zahl. Ich finde es schick, meinen Namen und „Flaumfeder" gedruckt zu sehen, und am aufregendsten finde ich es, daß am Ende des Programmzettels mein Name als Besitzerin steht.

In meiner Leistungsklasse sind zwei gute Reiter, die Papa kennt, aber auch ein paar gewöhnliche Reitschulpferde und einige Ponys.

In den anderen Klassen, den richtigen, wimmelt es von bekannten Namen. Ich bin schon mächtig gespannt darauf, die wirklich gewandten Reiter zu sehen, besonders bei der Mittelschweren Dressur und dem Mittelschweren Springen.

19. 5.

Heute sind Eva und ich mit unseren Rädern zur Schule gefahren, um nach der letzten Stunde zusammen zu uns nach Hause zu fahren. Sie wollte mir helfen, Flaumfeders Mähne und Schweif zu waschen. Als wir den Schweif in einen Eimer mit lauwarmem Wasser und Kinder-Haarwaschmittel tauchten, das ja besonders mild und schonend für empfindliches Haar sein soll, setzte sich Flaumfeder vor Schreck beinahe in den Eimer! Aber jetzt ist der Schweif seidenweich, und die Mähne ist so luftig geworden, daß sie flattert, wenn man nur darüber haucht.

Dann wuschen wir Flaumfeder von oben bis unten, und als sie trocken war, glänzte ihr Fell wunderschön. Wir trugen das ganze Sattelzeug ins Freie und fetteten es ein. Während wir rieben und putzten, unterhielten wir uns über Gespenster. Zu Hause bei Eva haben sie ein richtiges Gespenst, ein altes Männlein, das manchmal kommt und gar nichts sagt, nur herumgeht und im Kuhstall Gegenstände von einer Ecke in die andere stellt. Eva selbst hat das Gespenst noch nie gesehen, aber eine Tante von ihr und eine ganze Reihe anderer Leute. Jeder hat erst nach der Begegnung begriffen, daß der kleine Mann ein Gespenst ist. Wir finden das höchst sonderbar. Eva glaubt, daß Sebastian ihn manchmal sieht, denn er wird zeitweise ganz steif und stiert vor sich hin, will keinen Schritt gehen und zittert am ganzen Leib. Aber es kann natürlich auch sein, daß das Krämpfe sind.

An jedem Heiligabend stellen sie einen Teller mit Grütze in den Kuhstall, und hinterher ist der Teller immer leer. Als Eva klein war, glaubte sie natürlich, der Weihnachtsmann hätte die Grütze aufgegessen. Später war es ihr klar, daß es die Katzen waren, aber jetzt zweifelt sie daran und

meint, vielleicht sei es das Gespenst. Ich habe allerdings noch nie gehört, daß Gespenster Grütze essen.

Jedenfalls stellten wir fest, daß wir beide furchtbar abergläubisch sind, Glückstiere haben und Kinderreime vor uns hinsagen, wenn wir uns wünschen, daß eine Sache gut ausgeht. Bevor ich etwas Wichtiges anfange, murmele ich zum Beispiel immer: „Rechts, links, auf, ab, vorwärts, rückwärts, bumm!" Und Eva beschwört das Schicksal mit einem sehr langen Vers, der so beginnt: „Ettchen, dettchen, dittchen, dattchen – zedra, wedra, wittchen, wattchen . . ." Den Rest habe ich vergessen.

Wer hätte gedacht, daß wir so vieles gemeinsam haben!

Ich weiß noch, wie sich der Direktor unserer alten Schule entrüstete, als wir zu unserer ersten richtigen Klassenarbeit im Zeichensaal Teddybären und Spielzeugtrolle anschleppten. Er sagte, wir seien wie die Heiden und verehrten Götzen und Fetische oder wie das heißt. Aber das stimmt nicht. Wir wollten nur auf Nummer Sicher gehen. Ich habe festgestellt, daß ich mit den Klassenarbeiten immer Glück habe, wenn ich meinen hellblauen Pulli mit der weißen Kante trage. Evas Glücksbringer ist eine Hose, die ihr jetzt allmählich zu eng wird. In ein paar Jahren werden wir sicher ganz schön komisch aussehen, wenn wir in ausgewachsenen Kleidern unsere Arbeiten schreiben.

Andererseits habe ich die Erfahrung gemacht, daß ich immer Pech habe, wenn Mama die Daumen für mich drückt. Ich werde sie also bitten, das morgen beim Turnier zu unterlassen.

Nachdem Eva nach Hause gefahren war, wusch ich mir mit dem Rest des Kindershampoos die Haare. Mama hat meine Reithose gewaschen. Zum Glück lief sie ein bißchen ein, so daß sie am Hinterteil nicht 'raussteht wie eine große Tüte. Ich habe eine weiße Polobluse bekommen, die ich unter der Jacke trage, und außerdem habe ich von Mama ein Paar weiße Handschuhe geerbt.

Ich habe auch erreicht, daß Mama mir einen Leinenüberzug über die Satteldecke genäht hat, denn man *kann* einfach nicht mit einer blauen Decke Dressur reiten. Sie krumpelt sich ein bißchen unterm Sattel, aber das ist sicher nicht zu sehen.

Ich habe Monka nichts von dem Turnier geschrieben, denn ich weiß, wie schadenfroh sie wäre, wenn ich etwa Letzte würde. Im übrigen sieht es so aus, als hätte sie nach dem Unfall das Interesse am Reiten verloren. Sie hat jetzt angefangen, Tennis zu spielen, und freut sich, daß sie im Sommer nach England fahren darf.

Ich bin so gespannt auf morgen, daß ich nicht mehr stillsitzen kann. Es kribbelt mir im ganzen Körper.

Wenn man bedenkt, wie viele Wunder in der Welt geschehen, dürfte es doch eigentlich nicht unmöglich sein, daß ich – eine Dreizehnjährige auf einer siebenjährigen Stute – die Leichte Dressur gewinne. Schließlich habe ich mit Flaumfeder tüchtig gearbeitet und Lithanders Anweisungen haargenau befolgt, und Papa und Mama haben ganz schön mit mir gewütet.

Aber wenn Flaumfeder nun *steigt* und ich 'runterfalle und mir den Hals breche? Rechts, links, auf, ab, vorwärts, rückwärts, bumm!!!

20. 5.

Acht Uhr morgens. Heute ist der große Tag. Wenn ich fromm wäre, würde ich wohl in diesem Augenblick beten. Aber ich glaube, der liebe Gott hat mit all den hungernden, sterbenden und kriegführenden Menschen so viel zu tun, daß ihm für mich nicht so viel Zeit bleibt. Was spielt es auch schon für eine Rolle, ob die kleine Piglet mit ihrem Pony auf einem Turnier gut abschneidet oder nicht?

Das Wetter ist sagenhaft schön, und Flaumfeder hat eine Freundin bekommen: Eine Bachstelze ist in den Stall geflogen und pickt an ihrem Stroh herum.

Oje, mir geht es gar nicht gut, aber eigentlich ist das alles *großartig*.

Papa hat gestern abend den Pferdetransporter geholt. Er ist recht hübsch. Flaumfeder hat ihn von allen Seiten beschnuppert.

21. 5.

So, nun ist alles vorüber.

Aber es ist am besten, ich fange von vorn an.

Zuerst war Flaumfeder ein bißchen störrisch und wollte nicht in den Transporter einsteigen. Da kletterte ich 'rein und lockte sie mit dem Hafereimer, Papa hob ihre Hufe nacheinander auf die Rampe, und Mama schnalzte beruhigend mit der Zunge. Das hört sich immer furchtbar kindisch an. Aber das alles zusammen wirkte. Im Nu trat Flaumfeder lammfromm in den Wagen, steckte die Nüstern in den Hafereimer und fing an zu fressen. Wir banden sie an und prüften, ob die Wollgamaschen fest genug saßen. Den Sattel und alles andere packten wir ins Auto, aber ich kauerte mich vorn in den Anhänger hinter die Trennwand, denn ich wollte sehen, wie sich Flaumfeder während des Transportes verhalten würde.

Obwohl Papa sehr vorsichtig anfuhr, machte sich Flaumfeder ganz steif und stellte sich breitbeinig hin. Fünf Minuten später war sie am Hals und hinter den Ohren schon schweißnaß, doch nachdem ich ihr gut zugeredet hatte, wurde sie etwas ruhiger. Zum Glück dauerte die Reise nicht lange; es sind ja nur zwanzig Kilometer bis zur Stadt.

Draußen vor dem Reitstall standen eine Reihe Pferdetransporter, Personenautos mit Anhängern und viele Leute. Ich hatte Angst, daß Flaumfeder sich weigern würde, rückwärts aus dem Wagen zu steigen, aber sie war brav. Sie trippelte heraus und blickte sich stolz um. Offenbar fand sie es spannend, auf einem Turnier zu sein und andere Pferde zu sehen.

Zuerst führte ich sie ein bißchen herum, und sie tänzelte und schlug mit dem Schweif. Ihren Kopf trug sie ganz hoch. Dann brachte ich sie auf ihren Platz, über dem

FLAUMFEDER stand. Ich finde es toll, daß für alle Gastpferde Namensschilder angebracht waren. Ich hatte ein bißchen Angst, daß sie sich sträuben würde, in den fremden Stall zu gehen, denn sie kennt ja noch nicht viel von der Welt; aber sie machte keine Anstände, und als ich ihr Heu gab, fraß sie. Sie hob allerdings dabei dauernd den Kopf, um zu sehen, was um sie herum vorging. Einmal wieherte sie so drollig ganz tief unten in der Kehle, wie sie es zu Hause immer tut. Neben ihr stand ein großer dicker Wallach, der Laban hieß, und auf der anderen Seite ein bildhübsches Vollblutpferd mit dem komischen Namen Take me along.

Leute kamen vorbei und musterten Flaumfeder. Ein älterer Herr erkundigte sich, ob sie mein eigenes Pferd sei.

„Diese kleine Stute hat absolut trockene Beine“, sagte er. „Heutzutage sieht man so etwas selten. Wirklich tadellos an allen vieren“, fügte er fachmännisch hinzu. Es hörte sich an, als sei es sein Verdienst, daß mein Pony tadellose Beine hat. Ich war natürlich sehr stolz.

Auch viele Mädchen vom Reitstall waren da. Solche sind ja nie nett zu anderen Mädchen, die nicht dazugehören. Das ist eine alte Geschichte. Sie stolzierten an mir vorbei, als sei ich Luft. Aber von Flaumfeder waren sie begeistert.

„Typische Araberkreuzung“, meinte eine.

„Edler Kopf“, sagte eine andere.

„Hab' noch nie von ihr gehört“, eine dritte. „Trotzdem braucht sie natürlich nicht schlecht zu sein.“

Wenn ich ein Pferd wäre, hätte ich nach dieser hochnäsigen Pute ausgeschlagen. Aber die dumme Flaumfeder zeigte überhaupt keinen Stolz, sondern nahm ein Zuckerstück von ihr an.

Dann kamen Mama und Papa mit einem fremden Herrn

vom Militär. Er besah sich Flaumfeder von allen Seiten und äußerte sich sehr anerkennend: „Ideales Pferd für junge Mädchen", sagte er. „Sehr gut gebaut. Kann es etwas?"

„Das muß sich erst erweisen", erwiderte Papa. „Aber Piglet bringt es natürlich zu früh heraus."

„Ja, es ist schwer, die jungen Leute zu bremsen", meinte der Herr. „Aber Übung schadet nichts. Einmal muß man schließlich anfangen."

Sie redeten so, als wäre ich nicht Papas Tochter, sondern irgendein fremdes Kind, das mit einem neuen Pferd zum Turnier gekommen ist.

Nur Mama schien noch ein paar elterliche Gefühle für mich übrig zu haben, denn sie sagte: „Flaumfeder ist ein entzückendes Pferdchen. Wir finden, daß sie große Fortschritte gemacht hat."

Dann gingen sie weiter, sprachen über etwas anderes und benahmen sich so, als gäbe es mich gar nicht.

Ich fühlte mich ganz elend und verlassen.

Dann kam der Tierarzt und besichtigte uns. Das ging wie der Blitz. „Laß sie am Halfter traben!" befahl er, und als ich sie vorgeführt hatte, winkte er ab, zum Zeichen, daß alles in Ordnung war, und ging weiter.

Ich bürstete Flaumfeder noch einmal ab, sattelte sie und führte sie ins Freie. Sie war schrecklich übermütig, tänzelte ein bißchen und ging vor allen möglichen Gegenständen rückwärts. Als ich an das Dressurrechteck kam, erstarrte mir das Blut in den Adern. Hier war nämlich kein Band drumherum gespannt wie bei unserem Dressurrechteck zu Hause, sondern es war durch lange weiße Böcke abgegrenzt, und die Buchstaben waren auf große Schilder gemalt. Die fremde Umgebung erschreckte Flaumfeder so sehr, daß sie am ganzen Körper stocksteif wurde. Wenn ich wenigstens hätte nahe heranreiten und ihr alles ordentlich zeigen können! Aber das durfte man vor dem Turnier nicht.

Eine halbe Stunde vor dem Start meiner Klasse ritt ich zum Abreiteplatz. Dort erwartete mich Papa. Ich übte tüchtig mit ihr, und ich hatte das Gefühl, daß sie gut gelöst war. Papa war zufrieden und flüsterte mir zu, ihr Galopp sei schwungvoller als der aller anderen Pferde. Dann schimpfte er wieder und sagte, ich drehte die linke Fußspitze nach außen.

Um mich herum wimmelte es von Menschen und Pferden. Flaumfeder war nicht das einzige Pony. Da waren drei Mädchen auf gemischtrassigen Ponys, ein Junge auf einem dicken kleinen Hengst und ein paar Damen auf sehr zierlichen Pferdchen. Alle übten so eifrig Wendungen und das Durchparieren zum Stehen, daß mich die Panik packte und ich auch damit anfing. Aber Flaumfeder war schrecklich unkonzentriert und machte, was ihr gerade einfiel.

„Laß sie lieber in Ruhe", riet Papa. „Bring sie jetzt in den Stall, denn es dauert mindestens noch eine Stunde, bis du an die Reihe kommst."

Als ich sie wieder in ihren Stand gebracht hatte, sahen wir uns die ersten vier Reiter meiner Klasse an. Der Herr vom Militär saß bei uns. Er war sehr kritisch.

Ich fand, daß die erste Reiterin, eine Dame auf einem netten, feisten Pferd, ihre Sache tadellos machte, aber er sagte: „Schwungloser Trab, schleppender Schritt, richtet bei den Wendungen zurück, kein gutes Gesamtbild."

Über den zweiten, einen schmächtigen Herrn mit Sonnenbrille, auf einem Wallach, der so mager war, daß man seine Rippen zählen konnte, sagte er: „Hinterhand greift nicht richtig unter, totes Maul, Hände zu fest. Schleudert bei den Paraden."

In dieser Tonart redete er pausenlos weiter, so daß man zuletzt nicht mehr wußte, wer hier eigentlich ein totes Maul oder harte Hände hatte und wer schleuderte – der Mann oder das Pferd.

Die vierte, ein Mädchen auf einem ganz süßen gemischtrassigen Pony, beurteilte er so: „Ordentliches Pferd, aber noch lange nicht fertig. Kann bestenfalls in drei Jahren wiederkommen."

Da hatte ich genug. Ich stand auf und stahl mich auf zitternden Beinen zu Flaumfeder in den Stall. Mama kam mit mir.

„Du mußt dich nicht um den Major kümmern", sagte sie tröstend. „Er ist ein alter Turnierrichter, und er ist beleidigt, daß man ihn nicht gebeten hat, heute in der Jury zu sein. Sein Reiterlatein darf man nicht so ernst nehmen."

Trotzdem wurde ich das Gefühl nicht los, als läge mir ein Eisklumpen im Magen, der nie mehr auftauen würde.

Dann ritt ich Flaumfeder wieder vor, und Papa und der Major gaben mir gute Ratschläge – das heißt, der Major sagte eigentlich nicht viel; er brummte nur, Flaumfeder hätte einen guten Schritt und ich einen guten Sitz. Nur über meine Paraden schüttelte er den Kopf und sagte, Flaumfeder falle in den Stand.

Da blinzelte mir Papa zu, und plötzlich fand ich alles wieder prima. Flaumfeder fühlte sich so weich und federnd an, und ich ritt umher und sprach mit einer älteren Dame auf einem Schimmel. Sie sagte, sie reite sehr gern Turniere, aber sie sei noch nie placiert gewesen! Als ich das hörte, war ich mehr als erstarrt. Stelle sich einer das vor: Noch als Grauhaarige reitet sie immer weiter Turniere, ohne je eine

Auszeichnung erhalten zu haben! Manche Pferdetanten sind wirklich unverwüstlich. Wenn ich kein Turnier gewinne, bis ich sechzehn bin, höre ich ein für allemal auf und Flaumfeder geht in die Zucht.

Endlich kam ich an die Reihe. Wir trabten durch den Eingang. Ich war ganz ruhig, aber ich spürte, wie Flaumfeder langsam unter mir auseinanderfiel, wie wir sagen. Sie hatte schreckliche Angst. Zuerst fürchtete sie sich vor dem Eingang selbst und dann, als ich auf der Mittellinie trabte, anhielt und die Richter grüßte. Sie traute sich nicht an die Barriere, hinter der die Richter saßen, sondern machte vor Angst einen kleinen Satz zur Seite. Sie wagte auch nicht, richtig auf den Hufschlag der langen Seite zu traben. Sie stellte die Ohren nach vorn, und ihr Hals war wie ein gespannter Bogen. Ich hatte das Gefühl, daß sie beim geringsten Anlaß zur Seite springen würde.

Die erste Volte wurde fast ein Dreieck. Von dem Durchparieren wollen wir lieber nicht reden, denn danach hätte ich sie beinahe nicht wieder in Gang bekommen.

Überhaupt machten wir den ersten Teil der Aufgaben so erbärmlich, daß ich nicht wußte, ob ich heulen, abbrechen oder weitermachen sollte. Aber dann machte ich doch weiter. Auch der Mitteltrab war schlecht, aber beim Galopp klappte es prima, und den letzten Teil der Aufgaben brachten wir gut hinter uns, denn da hatte sich Flaumfeder an die Umgebung gewöhnt und ihre Angst verloren.

Nach der Dressur selbst muß man ja über zwei harmlose Hindernisse springen. Als ich auf das erste zuritt, spürte ich plötzlich, daß Flaumfeder es verweigern würde. Ich versetzte ihr einen kräftigen Schenkeldruck, sie schnaubte und sprang mit allen vier Beinen zugleich. Das zweite Hindernis nahm sie besser.

Nachdem alles vorüber war, fürchtete ich, Papa und Mama würden mich glattweg verleugnen. Aber sie empfingen mich sehr freundlich. Leider stand der schreckliche Major neben ihnen.

„Wir haben uns ganz schön blamiert", sagte ich.

„Das kann man wohl sagen", bestätigte Papa und gab Flaumfeder Zucker.

„Auf eine Stute kann man sich nie verlassen", brummelte der Major. „An dem einen Tag geht es gut mit ihnen, am nächsten ist nichts mit ihnen anzufangen. Ist sie etwa rossig?"

„Ich glaube, sie war es vor kurzem."

„Soso, du glaubst ... So etwas muß man doch wissen!" tadelte der Major.

Ich finde ja, es ist gar nicht so einfach, über das Geschlechtsleben der Pferde Bescheid zu wissen, wie dieser Mann denkt; aber das habe ich natürlich nicht gesagt.

Dann fiel ihm anscheinend ein, daß er etwas Aufmunterndes sagen müßte, denn sogar er merkte wohl, daß ich traurig war. Deshalb versetzte er Flaumfeder eine Art militärischen Klaps und meinte: „Sie hat eine aktive Hinterhand und gibt ihren Rücken im Galopp gut her. Es wird schon werden, wenn du noch zwei Jahre ordentlich mit ihr arbeitest."

Ich habe zwar schon allerhand Beobachtungen gemacht, aber daß Flaumfeder eine „aktive Hinterhand" hat, ist mir nie aufgefallen. Ich verstehe wohl doch noch viel zuwenig von Pferden.

Ich ritt an die Tafel über den Richtertischen, um zu sehen, wie ich stand. Jawohl, bis jetzt war ich Letzte. Ich hatte die niedrigste Punktzahl von allen, die bisher geritten waren: 350.

Dann blieb ich stehen und guckte dem zehnten Reiter zu. Es war ein Junge auf einem Fuchs. Er saß wie ein Sack, und das Pferd machte einen lustlosen und toten Eindruck. Ich dachte: „Wenn ich schlechter bin als der, gebe ich auf, und Flaumfeder kommt schon in diesem Sommer in die Zucht."

Er erhielt 330 Punkte; ich war also doch ein bißchen besser, und Flaumfeder braucht keine Fohlen zu bekommen.

Trotzdem war das Ganze eine Schande. Wenn ich bedenke, wie gut es mit Flaumfeder zu Hause gegangen ist! Ein Jammer, daß die fremde Umgebung sie so verwirrte. Im Grunde ist es natürlich verständlich, daß ihr das alles unheimlich vorkam; sie war ja noch nie auf einem richtigen Dressurrechteck gewesen.

Trotz meiner Enttäuschung klopfte ich Flaumfeder und rieb sie besonders sorgfältig ab, denn schließlich ist es ja nicht ihre Schuld, daß alles so verkehrt gelaufen ist.

Wir blieben noch da und sahen auch bei den anderen Klassen zu, aber es machte mir keinen großen Spaß. Ich hatte das Gefühl, als guckten mich die Leute verächtlich an. Das einzig Lustige war, als ein Pferd über die Barriere ins Publikum sprang und der Reiter genau auf dem Schoß einer Dame landete, die sehr pferdekundig aussah.

Sie klopfte sich nur die Reithose ein bißchen ab und sagte eiskalt: „Passen Sie doch auf Ihr Pferd auf!"

Das nenne ich Fassung bewahren.

Das Ergebnis in meiner Klasse war: Der Mann mit der Brille wurde Erster, das Mädchen auf dem munteren gemischtrassigen Pony Zweite, die Dame auf dem Pferd mit dem schwunglosen Trab Dritte. Die grauhaarige Dame hatte den sechsten Platz. Sie war selig!

Der alte Major war mit dem Urteil der Richter sehr unzufrieden, besonders mit dem ersten Platz. Er schnaubte wie ein Pferd und sagte: „Im Reich der Blinden ist der Einäugige König!“

Diese Redensart habe ich noch nie gehört, falls es überhaupt eine allgemeine Redensart ist. Vielleicht hat ja der Mann mit der Brille nur ein Auge – was weiß ich? Auf jeden Fall kam mir die Bemerkung reichlich herabsetzend vor.

22. 5.

Wir haben den ganzen Tag beim Turnier zugesehen. Heute hat es mir wieder sehr gut gefallen. Ich hatte ein Kleid angezogen und hoffte, daß niemand mich wiedererkennen würde. Beim Reitstall trafen wir einen Freund von Mama und Papa. Die drei führten ein typisches Erwachsenen-Gespräch miteinander, und ich stand dabei und dachte darüber nach, wie lange sie wohl so weiterreden würden, denn es ist ziemlich langweilig, ein freundliches, vergnügtes Gesicht zu machen, wenn sich kein Mensch um einen kümmert. Aber gerade, als ich mich davonstehlen wollte, wandte sich der Mann an mich und sagte: „Eigentlich wollte ich ja mit dir reden, Piglet.“

Ich starrte ihn sprachlos an, denn ich bin es nicht gewohnt, daß fremde Menschen wissen, wie ich heiße. Und ich konnte mir auch nicht denken, was er und ich miteinander zu besprechen haben sollten; ich bin ja nicht wie Maria, die dauernd von Männern umgeben ist.

Er sagte, Flaumfeder habe ihm gestern sehr gut gefallen, als er sie auf dem Abreiteplatz gesehen habe. Und obwohl sie beim ersten Turnier so ungünstig abgeschnitten habe, hält er sie für ein „tüchtiges und gutes Pferdchen“. Deshalb wollte er mich zu dem Ponyturnier einladen, daß in diesem Sommer auf seinem Gut stattfinden soll.

„Schließlich müssen wir alle neuen Talente fördern, die wir entdecken“, sagte er. „Du mußt uns bald mal besuchen und zusammen mit meinen Kindern trainieren. Das wird auch für Flaumfeder sehr nützlich sein, denn sie braucht viel Übung.“

„Ich habe aber gerade gehört, daß es mindestens noch zwei Jahre dauern wird, ehe sie sich wieder in der Öffentlichkeit sehen lassen kann“, entgegnete ich.

Da lachte er. „Der alte Major hat dir wohl ein paar aufmunternde Sätze gesagt, was? Ich habe gestern gesehen, wie er mit dir gesprochen hat. Du mußt dir seine Worte nicht so sehr zu Herzen nehmen, weißt du. Der alte Bärbeißer hat schon viel zuvielen Leuten den Mut genommen.“

Wir machten also ab, daß ich im Sommer ein paar Tage zu ihm hinüberkommen sollte. Er heißt Jens Sowieso und wohnt nur fünfzehn Kilometer von uns entfernt. Das Mädchen, das mit dem gemischtrassigen Pony den zweiten Preis gewonnen hat, ist seine Tochter.

Über diese Einladung habe ich mich sehr gefreut, denn schließlich kann ich nicht gerade das allerletzte sein, wenn ich von alten Kavalleristen eingeladen werde. Papa hat mir nämlich erzählt, daß sein Freund Jens früher Rittmeister gewesen und auch jetzt noch ein außerordentlich gewandter Dressurreiter ist.

Es kann natürlich auch sein, daß er mich nur deshalb aufgefordert hat, bei ihm zu trainieren, weil seine Tochter immer allein ist und Gesellschaft braucht. Große Leute haben so viele Hintergedanken bei allem, was sie sagen und tun. Welcher Dressurreiter lädt schon aus purer Liebenswürdigkeit ein Mädchen ein, das auf einem Turnier Zweitletzte geworden ist? Ich habe zwar immer gehört, daß Rittmeister O-Beine haben, aber noch nie, daß sie besonders nett sind.

28. 5.

Heute, am 28. Mai, hat die Zahnärztin endlich meine Klammer 'rausgenommen! Jetzt habe ich nur ein kleines Plastikgestell, das ich bloß zu Hause und in der Nacht tragen muß. Das braucht also niemand zu sehen! Ich habe dieses Ding schon richtig gern, obwohl ich davon neue Druckstellen bekommen habe.

Wenn meine elende Zahnregulierung auch noch nicht abgeschlossen ist, kann ich mich jetzt gar nicht genug im Spiegel besehen. Endlich sitzen meine Eckzähne, die früher immer schief waren und alle Nachbarzähne zur Seite drängen wollten, fein ordentlich an ihrem Platz. Ich wünschte, ich wäre ein Hund, weil ich dann mit hochgezogener Oberlippe herumlaufen und knurren könnte. Aber leider bin ich keiner; ich muß mich also damit begnügen, ein strahlendes Menschenlächeln aufzusetzen. Selten hat jemand über so nichtige Anlässe so ausgiebig gelächelt wie ich heute.

Ich habe Mama und Papa gefragt, ob wir meine Befreiung von der Klammer nicht mit Sekt feiern könnten. Aber Papa sagte, dieses Gestell hätte ihn so viel Geld gekostet, daß für Sekt keins mehr übrig sei. Und meine praktische Mutter meinte, anstatt Sekt zu trinken, könnten wir zur Feier des Tages Sahnebonbons kochen; jetzt bestünde wenigstens keine Gefahr mehr, daß die Klammer an den Dingern festklebt und sich lockert.

Ich finde, Sahnebonbons sind für so eine Gelegenheit nicht festlich genug. Ich habe gelesen, daß früher die Herren auf die Gesundheit der Damen Sekt tranken und deren kleine zierliche Schuhe als Glas benutzten. Ich hätte so gern gesehen, wenn Papa aus meinen großen Gummistiefeln – denn die habe ich jetzt an, nachdem ich mit Flaumfeder im Regen war – auf mein Wohl getrunken hätte. Das wäre toll gewesen!

Aber Papa schüttelte nur den Kopf, als ich diesen Vorschlag machte. Manchmal haben Eltern und Kinder ganz und gar nicht den gleichen Sinn für Humor.

Doch danach hörte ich, wie er zu Mama sagte, ich würde jetzt richtig hübsch.

Nun will ich mich wieder im Spiegel betrachten.

29. 5.

Heute morgen beim Zähneputzen habe ich mich mit wahrer Wollust im Spiegel beguckt. Dann bin ich mit meinem neuen strahlenden Dauerlächeln in die Schule gegangen. Ich dachte, nun würden mich alle wie eine Schönheit feiern.

Im Schulbus grüßte ich mit lauter Stimme nach links und nach rechts, aber niemand merkte etwas. Alle dösten nur vor sich hin wie gewöhnlich. Der Fahrer wandte den Kopf nach mir um, und ich dachte: „Jetzt sagt er etwas." Aber er schimpfte mich nur aus, weil ich ihn eine ganze Minute hatte warten lassen, und fragte dann noch, wie ich mir eigentlich vorstellte, was aus seinem Fahrplan werden sollte, wenn jedes Kind eine Minute zu spät käme. Ich warf ihm ein entwaffnendes Lächeln zu, aber er ließ sich nicht davon bestechen, sondern brummte weiter vor sich hin und fuhr an. Aber eigentlich ist es ja nett von ihm, daß er immer auf mich wartet, wenn ich mich verspäte.

Ich hatte die Hoffnung immer noch nicht aufgegeben, deshalb lächelte ich weiter, als ich in die Schule kam.

Eva sagte: „Meine Güte, wie hübsch du jetzt aussiehst! Aber weshalb läufst du denn die ganze Zeit mit so 'nem albernen Lächeln auf dem Gesicht herum?"

Rosita rief: „Guck mal einer an, jetzt bist du doch endlich ganz normal! Du *armes* Mädchen, wie *sahst* du vorher aus! Aber das konnte man dir natürlich nicht sagen."

Jonny bemerkte: „Aha, der Gaul hat sich die Trense aus dem Mund nehmen lassen! Das wurde aber auch höchste Zeit. Trotzdem siehst du noch genauso blöd aus wie vorher."

Frau Vipemyr, die mal wieder ihren PERSÖNLICHEN Tag hatte, meinte: „Was ist nur heute mit dir, Piglet? Du bist ganz verändert. Ach so, du hast deine Klammer nicht mehr im Mund. Und ich fand dich damit so reizend. Das Entzückendste, was ich kenne, sind Sechsjährige mit Zahnlücke."

No comment, wie berühmte Leute immer sagen, wenn ihnen bei Fernseh-Interviews heikle Fragen gestellt werden. Ein bißchen mehr Begeisterung und Verständnis hätte ich allerdings von meinen lieben Mitmenschen erwartet.

3. 6.

Der Flieder blüht, und es ist richtig Sommer. Bevor ich heute zu Eva ritt, habe ich zwei große Fliederzweige an Flaumfeders Stirnriemen gebunden. Die lila Blüten heben sich herrlich von ihrer Mähne ab. Flaumfeder sah bezaubernd aus. Ihr feines, kurzes Sommerfell ist viel heller als das Fell, das sie im Winter hatte. Eva war so entzückt von Flaumfeders Eleganz, daß sie an jeder Seite von Sebastians

Stirnriemen zwei rote Tulpen befestigte. Sie nannte das Ganze „Flower Power“, aber ich fand, wir sahen eher aus wie Carl Larssons Gemälde von dem Einzug Gustav Wasas in Stockholm.

Wir ritten in Evas Wäldchen und bauten Hindernisse. Ein ganz hohes aus Latten brachten wir über einem alten Eichenstamm an, der immer dort gelegen hat, weil er, wie Eva sagt, zu dekorativ ist, um zu Feuerholz zersägt zu werden.

Ich hätte nie geglaubt, daß Flaumfeder so hoch springen könnte. Sie spitzte die Ohren und flog förmlich darüber. Eva sperrte nur den Mund auf. Dann legten wir eine weitere Latte über das Hindernis. Es war furchtbar schwer, sie in der richtigen Lage zu halten, aber auf Bauernhöfen gibt es ja zum Glück immer Nägel und Hämmer in der Werkstatt. Wir sprangen zum zweitenmal, und wieder sauste Flaumfeder wie der Blitz hinüber. Ihr machte es anscheinend auch Spaß, denn hinterher vollführte sie ein paar fröhliche kleine Bocksprünge, und das ist nach Lithanders Buch ein sehr gutes Zeichen. Am allerliebsten hat es Lithander allerdings, wenn die Pferde nach dem Springen über die Hürden leise, zufriedene Schreie ausstoßen. Ich habe aber noch nie gehört, daß ein Pferd das getan hätte. Das gäbe aber auch einen schönen Lärm beim Springen, wenn alle Pferde nach jedem Hindernis vor Glück wieherten!

Wir machten das Hindernis noch etwas höher, und Flaumfeder sprang so leicht wie ein Gummiball darüber. Nachdem wir zum letzten Mal erhöht hatten, schloß Eva die Augen, als ich sprang: so hoch war es. Aber Flaumfeder streifte es nicht einmal.

Ich sprang dreimal, und jedesmal ging es tadellos. Dann

liefen wir ins Haus und baten Evas Mutter um ein Maßband. Wir maßen an der höchsten Stelle. 135 cm! Und Flaumfeder selbst ist doch nur 142 cm hoch. Furchtbar breit war es auch.

Ich platzte beinahe vor Stolz auf Flaumfeder. Sie ist wirklich ein tüchtiges und mutiges Pferdchen.

Auch Papa und Mama waren stolz auf sie, als ich später zu Hause erzählte, was sie geleistet hatte, und wir gingen alle hinunter in den Stall, gaben ihr hartes Brot und tätschelten ihren Hals. Wenn sie so weitermacht, wird sie sicher ein klasse Springpferd werden. Ich wünschte, es wären bald wieder Turniere. Wie es wohl mit dem Ponyturnier wird, über das Papas Freund sprach?

4. 6.

Gerade als ich Bio paukte – wir schreiben nämlich morgen eine Biologiearbeit –, kamen Carola und Lasse auf den Hof gefahren und hupten. Wir rannten natürlich gleich 'raus und umarmten sie, denn wir sind eine sehr umarmungsfreudige Familie – besonders bei Überraschungsbesuchen. Wenn der Besuch vorher angekündigt worden ist, sind wir bei Ankunft der Gäste immer schon so müde, daß unsere Umarmungen sehr viel schwächer ausfallen.

Die beiden hatten eine Flasche Sekt mitgebracht!!! Lasse hat nämlich seine letzte Prüfung bestanden, und das wollten sie bei uns feiern. Mama und Papa freuten sich sehr und waren gerührt. Ich prostete und trank auf meine abgelegte Zahnklammer. Gerührt war ich gar nicht, nur froh. Ich habe Lasse und Carola sehr lieb. Außerdem finde ich es praktisch, Ärzte in der Familie zu haben, für den Fall, daß man krank wird.

Es wurde auch über die Hochzeit gesprochen. Das war eigentlich nicht besonders spannend, denn ich sehe Lasse seit Jahren so selten, daß es für mich kein Unterschied ist, ob er verheiratet ist oder nicht. Ich kann mich wahrhaftig nicht mehr entsinnen, wie es war, als Lasse noch zu Hause wohnte und in die Schule ging. Aber an seine Abiturfeier erinnere ich mich noch genau. An dem Tag ging es im ganzen Haus hoch her, viel wilder als später bei Elisabets und Marias Abitur. Es kann aber auch sein, daß mir bei Lasses Feier das Gedränge der mindestens hundert Leute und der Gesang von den „glücklichen Studententagen“ nur deshalb so unheimlich vorkam, weil ich damals noch so klein war und so was noch nicht miterlebt hatte.

Aber jetzt kommt das Wichtigste. Plötzlich sagte Carola: „Könntet ihr vielleicht Piglet in den Sommerferien nach England schicken? Meine Schwester sollte zu einer sehr netten Familie in Kent reisen. Es war schon alles abgemacht; aber jetzt will Charlotte doch lieber nach Frankreich fahren, weil sie Französisch pauken muß. Aber wir wollen diese englische Familie nicht im Stich lassen. Sie nehmen jeden Sommer ein schwedisches Mädchen auf, und man hat es sehr gut bei ihnen. Sie sind eine große Familie und wohnen auf dem Lande. Charlotta sollte vom 20. Juli bis zum 1. September bei ihnen wohnen. In dieser Zeit sind auch ihre Kinder zu Hause. Die Platzkarten haben meine Eltern schon vor Monaten besorgt, denn jetzt würde man nicht mehr so leicht welche bekommen.“

Mama guckte Papa an, und Papa guckte Mama an.

„Es kommt drauf an, was der ganze Spaß kostet“, sagte Papa und seufzte.

„Es wird bestimmt nicht so teuer“, erwiderte Carola. „Die Leute sind gute Freunde meiner Eltern, und bei dem

Pensionspreis handelt es sich wohl eher um eine symbolische Summe. Sie hätten gar nichts verlangt, wenn Mama nicht hartnäckig darauf bestanden hätte, etwas zu bezahlen."

Carolas Eltern sind reich, das weiß ich; deshalb war ich mir nicht recht im klaren darüber, ob eine symbolische Summe vielleicht das gleiche bedeutet wie eine astronomische Summe. Ich fragte aber lieber nicht danach. Wenn ich nicht genau weiß, was ein Wort bedeutet, halte ich lieber den Mund. Das hat mich in der Schule schon oft gerettet.

Papa schien erleichtert über Carolas Erklärung. Er meinte, das höre sich ja alles recht gut an, und ein mehrwöchiger Aufenthalt in England würde bestimmt von Nutzen für mich sein.

Mama begeistert sich ja sowieso sehr leicht. Sie sagte: „Wäre das nicht wunderbar, Piglet?"

„Und was soll mit Flaumfeder werden?" fragte ich zurück. „Ich hatte mir vorgenommen, in den Ferien endlich so viel und so lange zu reiten, wie ich will. Und wenn nun Ponyturniere abgehalten werden?"

Alle sahen mich stumm an. Dann sagte Lasse: „Dieses Mädchen ist unverbesserlich."

Da hätte ich am liebsten geweint. Warum begreifen sie denn nicht, daß Flaumfeder für mich das Wichtigste ist, was es gibt? Endlich meinte Mama, wir müßten uns die Sache wohl erst einmal in Ruhe überlegen. Sie ging hinaus, um für Carola und Lasse etwas zu essen zu machen, und Lasse und ich holten frisches Bettzeug aus dem Schrank.

Während ich mit Carola in Marias Zimmer das Bett für sie überzog, sagte Carola: „Diese englische Familie ist wirklich ganz prima. Ich bin früher selber dort gewesen. Wir zogen von einer Jagd zur anderen und von einem

Turnier zum nächsten. Du wärst also dauernd mit Pferden zusammen und könntest so viel reiten, wie du willst."

Das hörte sich allerdings schon bedeutend besser an. Ich habe mir schon immer gewünscht, den englischen Pferdesport an Ort und Stelle studieren zu können. Jetzt freute ich mich plötzlich und war so gespannt auf die Englandreise, daß ich Magenkribbeln bekam.

Ich ging gleich zu Papa hinunter und sagte: „Wenn du auf Ehre und Gewissen versprichst, dich um Flaumfeder zu kümmern und unter keinen Umständen niemanden – aber auch wirklich niemanden – auf ihr reiten läßt, würde ich ganz gern nach England fahren."

„Das läßt sich hören", sagte Papa. „Ich verspreche es dir. Und ich glaube, deiner Flaumfeder tut es ganz gut, wenn sie sich ein paar Wochen auf der Weide ausruhen darf."

Dann ging ich in mein Zimmer und lernte Bio richtig gründlich. Unsere Beschwerde beim Direktor hat nämlich überhaupt nicht gefruchtet. Wir schreiben immer noch jeden Tag mindestens eine Klassenarbeit.

Na ja, mich soll das jetzt nicht mehr stören. Am nächsten Mittwoch ist der letzte Schultag. Dann fangen die Sommerferien an, bald feiern wir Carolas und Lasses Hochzeit, und danach fahre ich nach England!

12. 6.

Gestern haben wir Ferien bekommen. Hurra!

Ich hatte mein neues, rosakariertes Kleid an – das heißt, eigentlich ist es nicht neu, denn ich habe es von Maria geerbt. Es hat einen weißen Kragen und eine Art kleine weiße Hemdbrust mit überzogenen rosa Knöpfen. Zur

Feier des Tages trug ich auch schmale rosa Zopfschleifen. Das sah ganz hübsch aus. Zum Glück bin ich im Gesicht und an den Armen und Beinen schon braun, denn zu weißer Haut hätte all das Rosa schlecht gepaßt.

Einige Mädchen hatten ihre blöden langen Hosen an wie gewöhnlich. Über die Jungen wollen wir lieber nicht reden. Jonny hatte sich gelbe Hosen und einen schwarzen Pullover angezogen! Rosita sagte, sie finde Jonny zwar sonst scheußlich, aber seine Kleidung sei phantastisch. Sie selbst trug ein hautenges, rotlila Kleid und hatte grüne Lidschatten aufgelegt. Sie verlor dauernd ihre neuen Schuhe. Es waren solche mit Riemen, die pausenlos 'runterrutschen. Rosita will in den Ferien zwei Wochen lang in einem Kinderheim arbeiten, und danach reist sie mit ihren Eltern im Wagen nach Spanien.

Laila mit den langen Haaren fährt mit einer Freundin per Autostopp nach Italien. Ich glaube, auf dieser Reise wird sie oft Gelegenheit haben, sich darüber zu freuen, daß sie getauft und konfirmiert ist, wenn auch sonst über nichts anderes. Wenn man sich vorstellt, wie Laila mit ihren langen Haaren, ihrem Superminirock und dem weißen Oberteil, das nur das Allernötigste bedeckt, als Anhalterin am Straßenrand steht, begreift man, was die Engländer mit dem Ausdruck „to be asking for trouble" meinen.

Pelle arbeitet in den Ferien bei einem Gärtnermeister. Eva fährt an die Westküste und betreut dort drei Wochen lang Kinder, danach hilft sie ihren Eltern auf dem Hof.

Ich bin anscheinend die einzige, die ein faules Leben führt. Und natürlich Jonny. Als Frau Vipemyr fragte, was er in den Ferien vorhabe, antwortete er: „Nichts."

„Gibt es denn nichts, was dich interessiert?" erkundigte

sich die Vipa in ihrer tantigen Art. Sie wollte wohl am letzten Schultag nett sein und nicht nur nörgeln, oder vielleicht hat sie ja in dem Lehrplan für die Grundschule die Stelle gelesen, wo es heißt, die Lehrer müßten sich bemühen, so viel wie möglich über die Schüler und deren Interessen in Erfahrung zu bringen. Ich finde allerdings, daß es *dafür* ein bißchen spät am Tage war.

Na, jedenfalls erwiderte Jonny: „O doch! Ich interessiere mich für Mädchen."

Dabei musterte er sie mit seinem „verzehrenden Blick", wie Rosita das nennt. Da wurde die Vipa puterrot, sagte kein Wort mehr und fing an, die Zeugnisse auszuteilen.

Ich habe ein gutes Zeugnis: je eine Eins in Schwedisch, Englisch, Deutsch und Geschichte, Zweien in fast allen anderen Fächern außer in Religion. Darin hat mir Klein Doofy eine Drei gegeben. Ich kann mich eben leider für Witze nicht besonders begeistern.

Nach der Zeugnisverteilung hatten wir eine Art Feier

in der Aula. In dieser Schule werden gute Zeugnisse nicht prämiiert, sondern nur Leistungen auf sportlichem Gebiet. Diejenigen, die der Schule im Laufen, Weitspringen und solchen Dingen Ehre gemacht hatten, erhielten Prämien und Geld. Außerdem bekam jeder Schulpolizist ein paar Groschen, und ein Junge mit Pickeln, der sich einbildet, daß er in der Schulbücherei hilft, obwohl er nie die Bücher findet, um die man ihn bittet, durfte mit 50 Kronen nach Hause gehen! Eva und ich hätten uns zurückgesetzt gefühlt, wenn wir nicht so froh gewesen wären, daß die Schule zu Ende ist. Eva hat auch in Werkarbeit eine Eins, aber nur eine Drei im Turnen – ausgerechnet sie, das sportlichste Mädchen, das ich kenne!

Eigentlich gibt es nichts Ungerechteres als Zeugnisse, aber im Augenblick stört mich das nicht. Ich habe ja jetzt Ferien.

Vorgestern kamen Maria und John. Sie bleiben eine Woche hier; Mama und Papa wollen John richtig kennenlernen. Maria war wütend und sagte, Carola brauche natürlich keinerlei Art „Probedienst in der Familie" abzuleisten, bevor sie als Schwiegertochter aufgenommen werde. Aber da erklärte Mama mit Nachdruck, Carola und Lasse blieben ja auch in Schweden wohnen, während sie – Maria –, falls sie sich mit John verheirate, die Absicht habe, nach Washington zu ziehen (John hat nämlich einen Posten bei den Vereinten Nationen bekommen), und da wollten ihre Eltern wenigstens wissen, mit wem sie davonfliege.

Ich finde, das mit Washington und den Vereinten Nationen klingt nicht schlecht. Aber Papa meint: „Es klingt wohl besser, als es schmeckt."

John hat wirklich eine Engelsgeduld. Es ist doch sicher

für ihn nicht einfach, es mit Maria *und* mit uns auszuhalten.

Zum Glück ist es jetzt warm, und John braucht nicht mehr dauernd im Haus zu hocken. Oft sitzt er draußen in einem Liegestuhl und liest, während Maria auf der Erde liegt und sich sonnt. Dabei fragt sie die ganze Zeit: „Bin ich schon ein bißchen braun?"

Wie kann sie nur so betonen, daß sie braun werden will, wenn der kohlschwarze John neben ihr sitzt! Ich finde das wirklich nicht besonders taktvoll.

Mama ist sehr traurig darüber, daß Maria ihr Studium in Schweden aufgeben will und nur noch daran denkt, sich zu verheiraten und nach Amerika zu ziehen. Maria sagt zwar, sie werde dort auf die Universität gehen, aber Papa meint, daraus werde sicher nichts. „Eine Frau muß eine Ausbildung haben und auf eigenen Füßen stehen können", sagt er. Da faucht Maria wie eine Katze und erklärt, sie werde schon zurechtkommen, wenn es nötig sei. Putzstellen könne man immer finden.

So reden sie die ganze Zeit – das heißt, wenn John es nicht hört. Meistens schicken sie ihn mit mir zusammen weg, wenn sie über Marias Zukunft diskutieren wollen.

John und ich machen es uns recht gemütlich. Wir haben die große Weide in Ordnung gebracht, damit die Pferde Tag und Nacht draußen sein können. Dabei haben wir unheimlich viel Gerümpel aus Löchern und Gestrüpp herausgeholt: Drei Autoräder, vier rostige Blecheimer, unzählige Konservenbüchsen, einen alten Schnürstiefel, eine Milchflasche und eine Menge verrostetes Eisen. Wir legen alles in einen alten Wagen, und Herr Eriksson wird es dann wegfahren.

Ich mag John gern. Er lacht so leicht, und er hat eine so

nette Art, mein Englisch zu verbessern, daß ich mich nicht über meine Fehler zu schämen brauche. Ich wünschte, er würde auch Maria verbessern, denn sogar ich höre, daß sie Wörter verkehrt ausspricht und komisches Zeug sagt. Aber Maria hält er wahrscheinlich für fehlerlos.

Diesmal benimmt er sich nicht so unheimlich wohlerzogen wie zu Ostern. Er widerspricht Papa sogar, wenn sie sich miteinander unterhalten. Und Papa hat angefangen, ihn wie Göran oder Lasse zu behandeln; das bedeutet, daß er, wenn er müde ist und keine Lust hat, sich zu unterhalten, auch in Johns Gegenwart ein Buch oder eine Zeitung nimmt und sich dahinter verschanzt.

Mama seufzt beim Kochen und sagt, sie sähe nur eine lange, lange Reihe von Schwierigkeiten und Demütigungen für Maria und John vor sich. „Ausgerechnet Maria, die so empfindlich ist", sagt sie.

Dabei ist Maria so von sich überzeugt wie nur irgend jemand.

Ich fragte John, ob er Maria seiner Familie vorführen würde. Da lachte er und sagte, das wolle er ihr auf jeden Fall ersparen.

„Deine Eltern sind also so zufrieden mit ihr, daß sie sie unbesehen in ihre Familie aufnehmen?" fragte ich.

Er guckte mich an und sagte: „Weißt du, meine Mutter ist über die ganze Sache mindestens so unglücklich wie deine. Sie ist nicht besonders entzückt von weißen Mädchen."

Da wurde ich puterrot, weil ich mir eingebildet hatte, Johns Angehörige würden es in jeder Weise begrüßen, daß Maria in ihre Familie hineinheiratet. Sie sieht ja wirklich gut aus, und daß sie so eine unangenehme Wahrheitsfanatikerin ist, können sie schließlich nicht wissen.

Jetzt kann ich aber wahrhaftig nicht begreifen, warum die beiden sich überhaupt miteinander verheiraten wollen, wenn doch niemand froh darüber ist. Wäre es nicht viel einfacher, wenn Maria irgendeinen gewöhnlichen weißen Jungen und John irgendein gewöhnliches schwarzes Mädchen heiratete?

Ich fragte John also, ob er glaube, daß sie überhaupt zusammen glücklich würden, wenn sie erst verheiratet wären. Mit Maria kann man ja nicht über so etwas sprechen. Sie würde mich nur anfauchen, mich kindisch nennen und böse werden. Seit sie zu Hause ist, ist sie wütend. Außer wenn sie mit John zusammensitzt, denn dann hält sie seine Hand und blickt mit hingebungsvoller Miene zu ihm auf.

John antwortete mir nicht gleich. Er setzte sich erst einmal auf einen Stein – wir waren gerade wieder auf der Weide – und guckte mich belustigt an. Dann zog er ein Paket Zigaretten aus der Tasche, fing an zu rauchen und musterte mich von neuem. Endlich sagte er: „Um dich als Schwägerin zu bekommen, bin ich bereit, jedwede Prüfung auf mich zu nehmen."

Nach diesen Worten schlug er sich auf die Knie und lachte so herzlich, daß alle seine weißen Zähne zu sehen waren.

Ich finde, Männer – ganz gleich ob schwarze oder weiße – dürften nicht eine so unmäßige Heiterkeit an den Tag legen, wenn sie einem Mädchen ein Kompliment machen. Oder war es vielleicht gar kein Kompliment?

Ich glaube, die Erklärung für die Sache ist ganz einfach, daß die beiden sich lieben. Das habe ich auch Mama gesagt.

„Anscheinend handelt es sich hier um die GROSSE LIEBE", stellte ich fest. „Am besten bereitet ihr gleich die

Hochzeit vor. Maria wird sich doch nie von John abbringen lassen, und er ist vollkommen in ihrer Gewalt. Außerdem ist an ihm wirklich nichts auszusetzen."

„Findest du?" fragte Mama. „Magst du John wirklich?"

„Ich wundere mich selber darüber, aber ich mag ihn", erwiderte ich. „Und denk doch mal, was für komische Typen Maria früher ins Haus geschleppt hat. Zum Beispiel diesen Rune. Er war doch scheußlich. Und Torsten benahm sich unmöglich, und Lukas war ein Snob, und Martin hielt nur Vorlesungen. John ist tatsächlich der einzige von allen, den ich mag."

„Ich mag ihn auch", sagte Mama. „Er ist nett, und man kann sich so gut mit ihm unterhalten. Ich bin nur im Zweifel darüber, ob Maria wirklich taktvoll und rücksichtsvoll genug ist, um mit einer solchen schwierigen Ehe zurechtzukommen, und das beunruhigt mich."

„Sie ist doch zweiundzwanzig", wandte ich ein. „Wenn sie jetzt noch nicht klug genug ist, wird sie es nie."

„Das ist es eben, wovor ich Angst habe", sagte Mama.

In bezug auf Maria ist Mama sehr kritisch. Das ist allerdings kein Wunder, denn Maria ist in bezug auf uns noch tausendmal kritischer. Besonders an Mama und mir hat sie dauernd etwas auszusetzen. Erst heute morgen sagte sie zu mir, ich müßte mich schämen, daß ich in den Sommerferien nicht mal das Frühstück für die Eltern zurechtmachte, und sie ist der Meinung, ich sollte eine Stellung als Verkäuferin am Kiosk im Dorf annehmen, damit ich Menschen kennenlerne. Vielleicht hat sie ja recht; aber dieser Job ist schon von meiner Klassenkameradin Britt besetzt, ich kann ihn also zum Glück nicht bekommen. Im übrigen könnte ja Maria das Frühstück machen, aber das tut sie nicht.

„Geht nun die Sache mit Maria und John in Ordnung?“ fragte ich Mama.

„Es bleibt uns wohl nichts anderes übrig, als ja zu sagen“, seufzte Mama. „Papa und ich haben John gern. Es hat keinen Sinn, sich gegen die Heirat zu sträuben.“

„Werden dann die Kinder schwarz oder weiß oder schokoladenbraun?“ überlegte ich. „Wie nett für Magdalena, wenn sie mit schwarzen Kindern spielen kann!“

„Ja, das wird sicher nett für Magdalena“, wiederholte Mama, aber besonders begeistert klangen ihre Worte nicht.

Ich bin aber wirklich unheimlich gespannt darauf, was für eine Farbe die Kinder haben werden. Vielleicht kann ich sie ja mal in Amerika besuchen.

Als ich in den Garten kam, saß John im Gras und hielt Maria an der Hand, und Maria lächelte wie ein Engel, obwohl ihr das Haar in nassen Strähnen herunterhing, denn sie hatte es gerade gewaschen.

„Ihr habt unseren Segen, Kinder!“ verkündete ich feierlich. Und damit auch John verstand, worum es sich handelte, fügte ich hinzu: „I have just fixed it.“

Da fielen sich die beiden in die Arme, und ich wurde furchtbar verlegen, denn eine Heirat zustande zu bringen und zusehen zu müssen, wie die beiden sich küssen, das sind zwei ganz verschiedene Dinge – besonders wenn der Junge so dicke Lippen hat wie John.

Deshalb verzog ich mich lieber auf die Weide. Flaumfeder trabte sofort auf mich zu. Selbst wenn das Gras dick und grün ist, läßt sie immer gleich davon ab und kommt zu mir, und erst nachdem sie mich ein bißchen beschnuppert und mit mir geschmust hat, grast sie weiter. Komet spitzt nur ein bißchen die Ohren und schlingt weiter Gras in sich hinein. Flora guckt mich nicht einmal an.

Eben hat der Rittmeister angerufen und mit Papa gesprochen. Er hat sich erkundigt, ob ich Lust hätte, morgen zu ihnen hinüberzureiten und ein paar Tage bei ihnen zu bleiben. Natürlich habe ich Lust. Flaumfeder muß ja ausgebildet werden. Am 15. Juli findet das Ponyturnier statt: Springen und Dressur. Ich schaffe es gerade noch, dabei mitzumachen, bevor ich nach England fahre.

Diesmal werde ich keine Zeile ins Tagebuch schreiben, ehe Flaumfeder sich wirklich in irgendeiner Weise ausgezeichnet hat.

In den nächsten Monaten will ich sowieso nicht weiterschreiben, sondern nur *die Ferien genießen.*

Wenn Flaumfeder sich bei diesem Turnier wieder blamiert, werde ich allerdings bestimmt schwarz vor Ärger. Aber irgendwie habe ich das Gefühl, daß wir diesmal besser abschneiden werden.

Fortsetzung: Ponyrennen mit Flaumfeder

BOJE